한정영 지음

나는 조선의 소년 비행사입니다

다른

# 차례

# 01. 아라와시가 될 거야

*

하늘은 어느 쪽으로 눈을 돌려도 파랗기만 했다. 사방 끝까지 구름 한 점 보이지 않았다. 조금의 흠도 허락하지 않으려는 듯, 눈길이 닿을 수 있는 가장 먼 곳에서도 그 푸른빛을 잃지 않았다. 명암도 원근도 구분할 수 없을 만큼, 하늘빛은 완벽하고 견고했다. 그래서 더욱 현실감이 들지 않는지도 몰랐다.

그 빛을 머금고 있는 바다는 더욱 푸르고 짙었다.

다만, 저 앞으로 은빛 물비늘이 끊임없이 햇살을 따라 반짝였다. 얼핏 보면, 물속의 거대한 물고기가 아주 느린 속도로 움직이고 있는 모양새였다. 그 물고기를 발아래 두고, 따라 날았다. 아무리 가고 또 가도 태양은 그 자리에 멈춰 있었고, 하늘빛 또한 조금도 변하지 않았다.

오래전부터의 꿈이었다. 바다 같은 하늘 아래를, 하늘 같은 바다 위를 날고 싶었다.

너는 자랑스러운 아라와시(비행사의 일본식 애칭)야.

어디선가 목소리가 들렸다. 어머니의 목소리일지도 몰랐다. 그래서 반겨 맞았다.

'그래요, 나는…….'

하지만 대답을 채 맺기도 전에 날카로운 목소리가 뒷머리를 때렸다.

"36번기다!"

그 말에 감고 있던 눈을 번쩍 떴다. 그래도 짙푸른 하늘은 그대로였다.

'설마 아직도 꿈속인 건가?'

하지만 시야의 아래쪽으로는 바다와 물비늘 대신 잿빛 활주로와 야산이 꽉 들어차 있었다. 그제야 조안은 자신이 활주로를 따라 길게 뻗은 유도로(비행장 안의 활주로를 제외한 도로) 옆에 누워 있다는 사실을 깨달았다. 원두막을 닮은 관제탑이 길게 그림자를 만들고 있어 눈이 부시지는 않았다.

조안은 얼른 일어났다. 소란스러운 발소리가 들려와 뒤를 돌아보니, 정비 창고에서 기름때가 잔뜩 묻은 흰 작업복 차림의 정비병들이 뛰어나오고 있었다. 그런 중에도 관제탑 위에서는 제3 정비 반장 가츠무라가 연이어 소리를 질러 댔다.

"27번기다, 난베! 66번……. 료헤이 66번기, 산빼이 36번기, 다음은 조안……."

비로소 조안은 활주로 동쪽 끝을 쳐다보았다.

36번기는 어느새 활주로로 내리고 있었다. 바퀴가 땅에 닿자마자 몸체가 좌우로 덜컹거리더니 곧바로 균형을 잡고 이쪽으로 미끄러져 왔다. 정비병들은 모자를 흔들거나 윗옷을 흔들어 대며 소리를 질렀다.

"와아아!"

그런데 함성 속에서 누군가 말했다.

"꽃이 피었다!"

그 말에 조안은 눈을 가늘게 뜨고 막 관제탑 앞을 지나친 36번기를 유심히 살폈다. 총탄을 맞은 자국이 앞뒤 가리지 않고 나 있었다. 붉은빛 일장기가 새겨진 허리에도 몇 발의 총탄이 뚫고 지나간 흔적이 보였다. 그걸 보자마자 조안은 침을 꿀꺽 삼켰다.

연이어 27번기와 66번기가 활주로로 내렸다. 동시에 서너 명의 정비병이 연달아 그 비행기 쪽으로 달려 나갔다. 뒤따른 두 대의 비행기에도 꽃핀 자국이 선명했다.

조안은 조금 전보다 더 긴장해야만 했다. 그런 채로 활주로 동쪽 끝을, 그 너머의 새파란 하늘을 바라보았다.

하지만 그러고는 그만이었다. 활주로 쪽으로 달려 나가려던 조안은 멈칫거렸다. 더 이상 비행기는 나타나지 않았다.

"이토 준야는?"

"싸움이 이만저만이 아니었나 본데? 설마⋯⋯."

"그럴 리 없어. 하늘의 천황이 이런 하찮은 공중전에서?"

"이번엔 좀 다르지. 7편대가 하나도 보이지 않아. 이토 준야가 신참 소비(소년 비행병을 줄여서 부르던 말)들을 이끌고 갔잖아."

조안처럼 관제탑 아래서 동쪽 하늘을 바라보고 섰던 정비병들이 하나둘씩 입을 열었다. 그들의 말에 조안 또한 자신도 모르게 고개를 가로저었다.

그럴 리 없었다. '땅에는 쇼와 천황, 하늘에는 이토 천황'이라 할 만큼 이토 준야는 최고의 비행사였다. 그가 공중전의 귀신이라는 말을 여러 번 들었고, 교본에도 없는 비행술로 사람들을 놀라게 한다는 말도 한두 번 들은 게 아니었다.

진주만 공습에서도 공을 세웠고, 그렇게 치열했다는 미드웨이 해전에서도 총탄 열아홉 발을 맞고도 살아 돌아왔다고 했지 않은가? 세상에, 열아홉 발이라니? 그게 사실이라면 정말 기적이었다. 그가 타고 나간 제로센(2차 대전 당시 일본 해군의 주력 전투기로, 가미카제 공격에 이용되었다)은 더 멀리, 그리고 빠르게 방향을 바꿀 수 있도록 아주 가볍게 만든 비행기였다. 즉 몸체의 강판이 얇아서 기관총의 집중 사격을 받으면 쉽게 추락할 수 있다는 것이 제로센의 가장 큰 약점이었다. 그런데 열아홉 발이라니?

그게 거짓이라고 하더라도, 이토 준야의 비행 실력으로 보아, 미군기 몇 대와 싸워 패할 사람이 아니다. 조안이 알고 있는 한, 그는 최고의 비행사였다.

물론 미군기의 성능이 점점 더 좋아지고 있다는 소문을 들었다. 선회 능력이 제로센 못지않고, 탄환의 지름이 20밀리미터가 넘는 기관총을 장착했으며…….

게다가 이번에는 가쓰오, 다카하라, 츠토무, 소라모토, 키미조라가 따라갔다. 그들은 조안과 함께 칭다오 비행장으로 배속된 신입 비행사로, 첫 출격이었다. 이토 준야가 그들을 자기 편대에 넣었다. 실제로 전투가 벌어졌다면 첫 전투였을 테니, 그들은 이토 준야에게 큰 부담이 되었을 게 틀림없었다. 아이 여럿을 업고 싸우는 격이랄까?

정말로 그럴 거였다. 가쓰오와 다카하라와 소라모토가 열일곱이었고, 키미조라는 조안과 같은 열여섯 살이었다.

한참이 지나도 하늘에는 더 이상 귀환하는 비행기가 없었다. 그 탓에 조금 전의 소란이 금세 잦아들었다. 조안은 막 착륙한 석 대의 비행기 중에서 두 대가 유도로를 따라 정비 창고 안으로 들어가는 것을 바라보다가 다시 하늘로 눈길을 돌렸다.

하늘은 여전히 파랬다.

그때도 하늘이 이토록 푸르렀다. 아마 그래서 이 짙푸른 하늘만 보면, 눈을 뜨고도 꿈을 꾸는 게 아닌가 하는 생각이 들었다.

*

열세 살이던 그때도 이만큼 새파란 하늘이었다.

이른 아침부터, 여의도 비행장에는 사람들로 인산인해를 이루었다. 기다란 활주로를 가운데 두고 양옆에 겹겹으로 들어찬 사람들은, 시간이 지날수록 그 숫자가 더 늘어났다. 똑같은 교복을 입은 학생 무리, 깔깔거리며 연신 떠들어 대는 어린 처녀들, 심지어 나이 든 노인들도 있었고, 그들 틈새에 아빠의 목말을 탄 아기들의 모습도 눈에 띄었다. 경성 사람들 전부가 여의도 비행장에 모여든 게 아닌가 싶을 정도였다.

그리고 사람들 머리 위로 군데군데, 흰 천에 쓴 글씨들이 물결처럼 출렁댔다.

**소년 비행사의 고향 방문을 환영합니다**
**당신은 조선의 아라와시입니다**

활주로 동편 끝에 앉아 있던 조안은 오줌이 마려워도 움직일 수 없었다. 무작정 일어섰다가는 되돌아올 수 없을 게 분명했다. 오줌을 지리더라도 벗어나지 않을 작정이었다. 비행기가 바로 앞에서 착륙하는 것을 두 눈으로 똑똑히 보겠다고 주먹을 쥐고 또 쥐었다. 조안은 옆에서, 그리고 뒤에서 어른들이 밀치고 잡아당겨도, 밀려나지 않으려고 발끝에 힘을 주며 버텼다. 사람들이 더 이상 들이닥치지 못하도록 쳐 놓은 새끼줄을 붙들고 꼼작도 하지 않았다. 앞에서 제복을 입고, 칼을 찬 순사 몇몇이 뒤로 더 물러나라고 겁을 주었지만, 조안은 뒷걸음치는 흉내만 냈다.

그러고는 하늘만 바라보았다. 조각구름 하나 없이 새파란 하늘에서 눈을 떼지 않았다. 오래도록 그러고 있자, 주위의 시끄러운 소리조차 그 깊고 푸른 하늘로 빨려 들어가는 듯했다. 그런 착각 때문일까. 사방은 고요해졌고, 오로지 자신만이 그 푸른 하늘 한가운데 오롯이 놓여 있는 기분이 들었다.

물론 그런 기분이 처음은 아니었다. 하늘을 가슴에 품기 시작하면서, 그리하여 비행사가 되리라고 마음먹었을 때부터였다. 자주 하늘을 올려다보았고, 특히 파란 하늘을 바라볼 때마다 그랬다. 눈을 뜬 채로 깊은 꿈을 꾸고 있는 기분이랄까? 꿈속에서는 자주 바다 같은 하늘, 하늘 같은 바다 위를 날곤 했다.

그렇게 기다린 보람이 있었다.

비행기다!

누군가가 소리쳤다. 일시에 사람들이 웅성거렸고, 순간 조안은 두리번거렸다. 그러나 처음엔 아무것도 보이지 않았다.

저쪽, 저쪽!

사람들이 손을 뻗어 어느 한쪽을 가리켰을 때, 파란 하늘에 검은 점이 나타났다.

말 그대로 처음에는 하나의 큰 점이었다. 그러다가 차츰 더 커졌고, 두근거리는 가슴을 채 쓸어내리지도 못했는데, 어느 순간 비행기의 모습이 선명하게 보였다. 그리고 마침내 잠깐 사이, 비행기는 활주로를 따라 급강하했다. 활주로에 닿을 듯 낮게 날았다. 마치 당장 내려앉을 것처럼. 그러나 비행기는 조안이 앉아 있던 활주로 끝에서 그르렁 소리를 내며 다시 하늘로 날아올랐다.

우아아아!

사람들이 일제히 함성을 질렀다.

조안은 심장이 폭발할 것 같았다. 그렇게 가까이에서 비행기가 날아오르는 모습을 보는 건 처음이었다. 조종석의 비행사 모습이 선명하게 보였다. 잠자리 눈알 같은 안경을 쓴 비행사가 틀림없이 엄지손가락을 들어 보였다.

'아라와시다!'

조안은 넋을 놓은 채 중얼거렸다. 그사이, 비행기는 날아오르고, 활주로는 다시 텅 비었지만 아라와시의 잔상이 남아 있었다. 그래서 다른 데로 시선을 돌릴 수가 없었다. 더더욱 그 자리를 바라보았던 건, 뜻밖에도 그 잔상이 자신으로 변했기 때문이다. 비행복을 입고 흰색 머플러를 두른 채 잠자리 안경을 쓰고, 양손으로는 조종간을 꽉 부여잡은 아라와시 조안의 모습이라니!

아아!

조안은 가슴이 너무 뛰어서 여러 번 숨을 내쉬어야 했다.

그러다가 다시 하늘로 고개를 든 건, 사람들의 함성 때문이었다. 주위를 돌아보니, 누구나 할 것 없이 일제히 하늘을 바라보고 있었다.

조안은 사람들을 따라서 하늘을 바라보았다. 언제 나타났는지 비행기 넉 대가 하늘을 선회하고 있었다. 그들은 팔자를 그리며 날다가, 갑자기 추락하듯 땅을 향해 내려오다가, 다시 하늘 위로 올라가기를 반복했다. 조안은 비행기의 움직임을 단 하나라도 놓칠세라 눈도 한 번 깜빡이지 않고 바라보았다. 그러면서 조안은 자신에게 다짐을 하듯 말했다.

'나는 아라와시가 될 거야!'

*

"16번기다!"

관제탑 위에서 내지르는 소리 때문에 옛 기억은 거품처럼 한순간에 꺼져 버렸다. 조안은 재빨리 활주로 쪽으로 서너 발 뛰어나갔다. 동쪽 끝에서 비행기 한 대가 모습을 드러냈다. 이토 준야의 16번기였다. 그리고 그 뒤를 따라 연이어 여섯 대의 비행기가 나타났다. 모두 이토 준야를 따라 나간 소년 비행병 출신의 비행사들이었다.

"그럼, 그렇지."

"이토 준야, 만세!"

정비병들이 달려 나갈 준비를 했다. 그런데 무슨 일일까? 이토 준야의 비행기는 활주로에 내릴 듯 낮게 비행을 하더니, 다시 하늘로 치솟아 올랐다.

"바퀴! 앞바퀴 한 개가 반밖에 펴지지 않았어."

누군가 뒤에서 소리치듯 내뱉은 말에 조안은 16번기의 바퀴를 쳐다보았다. 곧게 펴져야 할 바퀴가 빗금을 친 듯 사선으로 내려와 있었다.

잠시 후, 바로 뒤를 따르던 24번기가 먼저 활주로에 내렸고, 뒤이어 29번기가 내렸다. 이토 준야의 16번기는 이들 비행기가 모두 내린 뒤에도 하늘을 선회했다.

얼마나 시간이 지났을까.

파란 하늘 위를 두어 번 더 큰 원을 그리며 날던 16번기는, 다시 동쪽 끝으로 물러났다. 그리고 서서히 활주로를 향해 진입하기 시작했다. 바퀴 하나는 여전히 빗금을 친 상태였다.

"저런 상태로 착륙하면 한쪽 날개가 활주로에 닿을 텐데……."

정비병들이 웅성거렸다. 하지만 그렇다고 언제까지 하늘을 맴돌 수는 없을 것이었다. 곧 16번기의 한쪽 바퀴가 땅에 닿았고, 뽀얀 먼지가 일었다……. 그런데 곧장 쓰러질 줄 알았던 비행기는 뜻밖에도 바퀴가 다 펴진 쪽으로 약간 기운 채 균형을 유지했다. 뒤뚱거리기는 했지만, 속력이 웬만큼 줄어들 때까지 그런 채로 얼추 균형을 유지했다.

"저, 저……. 미쳤어. 미쳤다고!"

바로 뒤에 섰던 정비병 하나가 중얼거리듯 말했다. 하지만 잠시 후, 환호성이 터졌다.

"이토 준야 만세! 하늘 천황 만세!"

정비병들이 일제히 손을 높이 들어 외쳤다. 그사이, 16번기는 속도가 줄어들었고 더 이상 견딜 수 없었던지 한쪽으로 픽 쓰러지듯 멈추었다. 날개가 활주로에 끌리면서 요란한 소리와 함께 불꽃이 튀었다.

"조안, 뛰어!"

정비 반장의 목소리보다 빨리, 조안은 16번기 쪽으로 달려갔다. 몇 명의 정비병이 더 따라왔다. 조안은 그들보다 열댓 걸음 먼저 16번기 날개 위로 올라갔다. 그리고 조종석의 덮개 창을 열었다.

"이토 소대장님, 무사하십니까?"

조안은 얼른 이토 준야의 안전띠를 풀었다. 그리고 손을 내밀었다. 그러자 이토 준야는 엄지손가락을 먼저 들어 보였고, 그런 다음에야 조안의 손을 맞잡고 일어났다. 그리고 바깥으로 나와 땅에 닿은 날개 쪽으로 몸을 수그렸다. 바퀴를 확인하려는 모양이었다.

조안도 따라서 고개를 숙였다. 그런데 동시에 누군가가 거칠게 조안의 어깨를 붙잡아 몸을 돌려 세웠다.

"이 조센진, 정비를 어떻게 한 거야?"

다카하라가 불뚱거리며 조안의 멱살을 잡았다. 도쿄의 육군소년비행병학교(2차 대전 당시, 일본 육군이 2년 단기 과정으로 개설한 조종사 육성 학교) 때부터 유독 조안에게 몽니를 부리던 놈은 새까만 눈썹을 꿈틀거렸다.

"미군 전투기 총탄에 맞았어. 배면 비행(비행기 바닥을 하늘로 향한 채로 비행하는 것)을 할 때 맞은 듯해."

숨이 턱 막힐 때쯤 이토 준야가 혼잣말을 하듯 내뱉었다. 마치 별일 아니라는 듯한 표정이었다. 그러면서 이토 준야는 다카하라의 옆을 스쳐 지나갔다. 그 말에, 다카하라는 하는 수 없었던지 조안의 멱살을 놓았다.

그때 이토 준야가, 이번에는 조안을 향해 말했다.

"정비할 때, 엔진룸을 잘 살펴보게. 윤활유의 배합이 잘 안 맞는지, 오래 비행할수록 소음이 커지더군. 프로펠러 쪽도 마찬가지고."

그러더니 활주로 쪽으로 걸어갔다. 조안은 그의 뒷모습을 쳐다보았다. 어느새 지고 있는 해가 그의 뒷모습을 실루엣으로 만들었다.

*

밤공기는 아주 서늘했다. 조안은 옷깃을 여미고 종종걸음으로 정비 창고로 나섰다. 그러자마자 해안 쪽에서 불어온 바람이 훅 달려들었다. 한겨울이라고 해도 아주 추운 날씨는 아니었지만, 그래도 바람 끝은 찼다. 어깨와 등으로 파고들어 간 바람 때문인지, 몸이 적잖이 떨렸다. 저녁을 먹지 못해서 더 그런지도 몰랐다.

하지만 여전히 무엇을 먹고 싶다는 생각은 들지 않았다. 비행기가 총탄을 맞고 들어온 날은 유독 그랬다. 정비병들은 그것을 '꽃이 피었다'라고 표현했지만, 조안에게 그 모습은, 아름답지만은 않았다. 왜인지 모르지만, 도리어 가슴이 쓰렸다.

'왜 이래야 해?'

간혹 대답도 없는 질문을 자신에게 했다. 그리고 또 물었다.

'비행사가 되면 다 저렇게 목숨을 걸고 싸워야 한다고 아무도 말하지 않았잖아.'

또다시 꿈틀거리는 그 질문을 뒤로하고, 조안은 이토 준야의 비행기를 오래도록 살폈다. 특히 총알이 스치고 지나간 자국들. 이처럼 꽃이 핀 비행기는 안까지 속속들이 짚어 보아야 했다. 그래서 가장 마지막까지 남아 비행기를 살폈다. 정비병들이 모두 돌아가고 당직을 서는 병사들만 남을 때까지.

조안은 잠이라도 자 둬야겠다는 생각에 뒤늦게 내무반으로 향했지만, 서둘지는 않았다. 달빛에 잠든 활주로와 유도로에 줄지어 늘어선 비행기들의 실루엣을 하나씩 살폈고, 그 뒤편의 언덕과 들판도 한참 바라보았다. 그리고 다시 시선을 활주로 쪽으로 당겼다가, 한쪽 끝 너머에 시선을 던졌다. 달이 보였고, 달 주위에

은은하게 드리운 구름을 보았다.

그제야 조안은 얼른 몸을 돌려 내무반 쪽으로 부지런히 걸었다. 달빛이 솟아오른 그쪽, 바다 건너 어느 즈음에 있을 고향 집이 떠오를 것 같아서였다.

요즘 들어 자주 그랬다. 더 이상 하늘을 향한 꿈을 꿀 수 없다는 생각 때문인지도 몰랐다. 그래서 툭하면 활주로 동쪽 끝으로 갔고, 그곳에서 바다를 바라보았다. 그 바다 건너에 조선 땅이, 그리고 경성이 있을 것이라는 생각에, 한번 바라보고 서 있으면 쉽게 발걸음을 돌리지 못했다. 그 때문에 정비 반장으로부터 여러 번 핀잔을 듣기도 했다.

'이제 돌아가는 일만 남았구나.'

자꾸만 그런 생각으로 땅이 푹 꺼지는 느낌이 들기도 했다. 가진 돈 전부도 모자라 빚까지 내서 자신을 도쿄의 소년비행병학교로 보내 준 누나에게, 미안하고 또 미안했다. 그 어느 날 여의도에 흰색 머플러를 펄럭이며 수많은 사람 사이를 걸어가던 열일곱 살의 비행사처럼, 똑같은 모습으로 돌아오겠다던 약속을 지킬 수 없어 자신이 원망스럽기도 했다.

게다가 '저 간악한 왜놈들이 네가 아라와시가 되도록 내버려 둘 것 같아?'라며, 따귀를 때리며 아버지가 했던 말이 자꾸만 맴돌아서 머리가 어지러웠다. 아버지의 저주가 이렇게 현실이 되고만 걸까? 나이까지 속이고 달아나듯 도쿄로 갈 때만 해도 어떻게

든 비행사가 될 거라 믿었는데…….

조안은 한 번 더 머리를 크게 흔들었다. 그리고 더 바삐 걸었다. 내무반 건물 앞에서 주저 없이 계단을 오르고 내처 복도를 걸었다. 그때 11내무반 안에서 라디오의 노랫소리가 들려 나왔다.

보았느냐 은빛 날개 늠름한 모습
일본의 남아가 혼을 넣어
만들고 키운 우리 애기愛機
하늘을 지키는 건 우리가 맡았다
올 테면 와 봐라 붉은 잠자리
붕붕 성난 독수리 붕 날아오르네.

정비 창고 안에서도 툭하면 나오곤 하는 군가 한 소절을 들으며, 조안은 더 걸어 들어갔다. 그러다가 12내무반 앞에서 다시 한 번 멈추었다. 신참 소비들의 내무반이었다. 유독 그곳에서 뒤떠드는 소리가 흘러나왔다.

"……저편에 육지가 보이는데, 저게 대만인가 싶었지. 그래서 이제 어쩌지 하는데, 반대편 구름 사이에서 미군기가 나타난 거야. 가슴이 철렁 내려앉더라고!"

"맞아. 그래서 나도 모르게 '그루망(2차 대전 당시 미국 항공기 제작사 그러면을 일본식으로 부르던 말. 이 회사에서 F6F 전투기를 만들었는데,

성능이 일본의 주력기인 제로센을 압도했다. 그래서 일본군은 이 비행기가 나타나면 '그루망이 온다'라고 외치곤 했다)이다!'라고 외쳤지. 아무에게도 들릴 리가 없는데도 말이야. 하지만 역시 이토 소대장은 빠르더라. 나랑 가쓰오에게는 아래로, 츠토무와 소라모토에게는 양쪽 옆으로 빠지라는 신호를 보냈어. 그러자마자 미군기가 흩어지더라고."

"딱 그 순간, 이토 소대장이 정면을 치고 나가면서 단숨에 미군기 두 대를 격추시켰어."

"그다음이 더 기가 막혔지. 나랑 가쓰오가 미군기에 따라잡혔어."

"나는 금방 빠져나왔지. 운이 좋았어."

"응. 문제는 나였는데……. 그래도 겁먹지는 않았어. 천황 폐하를 위해서라면 죽어도 좋다고 생각했지. 그리고 위아래를 오르내리며 달아났어. 그런데 이토 소대장이 정면에서 나타난 거야. 어찌나 놀랐는지. 그때 소대장이 급강하 신호를 보냈고, 나는 재빨리 아래쪽으로 곤두박질쳤지. 그러자마자 소대장이 내가 있던 자리를 향해 소총 사격을 했고, 동시에 미군기도 쏘았지. 결국 나가 떨어진 건 미군기였어."

어떤 목소리는 들떠 있었고, 어떤 목소리는 차분했다. 여전히 긴장감에 잠겨 있는 목소리도 있었다. 하지만 실감이 나지 않았다. 하늘을 나는 꿈을 수도 없이 꾸었지만, 그들의 이야기 속 장면들은 한 번도 상상해 본 적이 없었기 때문이다.

문득, 한 가지 생각이 스쳐 지나갔다.

'비행사가 되었으면, 나도 저 사이에 끼어 있었겠지? 비록 멀리서 폭격기를 호위하는 임무이긴 하지만, 얼마나 가슴 졸았을까?'

그러나 조안은 고개를 저으며 물러 나왔다. 그리고 주저 없이 다시 바깥으로 나갔다. 하지만 멀리 나가지는 못하고, 내무반 건물 입구까지 나와 계단에 주저앉았다.

'그래, 괜찮아! 오히려 잘됐어. 난 싸우려고 비행사가 되고 싶었던 건 아니니까. 그건 절대 아니야.'

그렇게 위안했다. 다른 비행병들과 똑같이 공부했고, 성적이 훨씬 더 좋았는데도 주먹질 한 방에 비행사가 되지 못한 건, 어쩌면 하늘의 뜻이라고 생각하기로 했다. 아니, 여전히 억울하고 분했지만, 그렇게 생각해야 그나마 위로가 되었다. 벌써 9개월이나 된 일이지만, 잊히지 않았다.

'조센진, 네가 감히 아라와시가 될 수 있을 줄 알았어?'

다카하라의 그 말은 아버지의 말을 다시 한번 확인시켜 주는 말이기도 했다.

조안은 길게 숨을 내쉬었다.

그런데 딱 그즈음, 뒤편에서 인기척이 들렸다. 막 뒤를 돌아보려는데, 그보다 앞서 누군가가 옆에 와서 앉았다. 뜻밖에 이토 준야였다.

"집으로 돌아가고 싶나?"

그 말과 함께, 이토 준야는 일어나서 경례 자세를 취하려는 조안을 붙들어 앉혔다.

조안은 긴 숨을 내쉬었다. 그리고 방금 이토 준야가 한 말에 대답을 해야 할지 망설였다. 하지만 이토 준야는 대답을 듣지 않아도 알겠다는 듯 고개를 끄덕였다. 그리고 또 물었다.

"자네는 몇 살인가?"

"열여덟……."

뜬금없는 질문에 조안은 이토 준야를 쳐다보면서 따듬따듬 대답했다. 그러자 이토 준야가 얼른 고개를 저었다.

"아니, 진짜 나이 말이야."

"네?"

가슴이 철렁 내려앉았다. 이토 준야는 다 알고 있다는 듯 무표정한 얼굴로 조안의 '자백'을 기다렸다.

"열여섯……. 그리고 삼 개월이 지났습니다."

지금 이곳 칭다오 비행장만 해도 열여섯 살짜리가 한둘이 아닐 터였다. 다행히 이토 준야는 그에 대해서는 더 묻지 않았다.

"왜 여기까지 왔나?"

그 질문에 조안은 온갖 생각이 한꺼번에, 그러나 아주 빠르게 머릿속에 스쳐 지나는 것을 느꼈다. 하지만 조안은 한마디도 대답하지 못했다.

"아라와시가 되고 싶었나?"

"……?"

"만약 다시 기회가 주어진다면, 아직도 비행기를 타고 싶냐고 묻고 있는 걸세?"

"그런 기회는 이제 다시 오지 않을……."

"그건 모르는 일이지. 기회가 온다면 지금이라도 비행기를 타겠냐고 물었어."

"소대장님!"

조안은 낮은 소리로 말하며 이토 준야를 쳐다보았다. 그러자 그는 엉뚱한 질문을 했다.

"제로센을 좋아하지?"

이토 준야의 질문에 조안은 감추고 있던 것을 들킨 기분이 들었다. 그래서 선뜻, 그렇다고 대답하지 못했다.

"왜 하야부사(2차 대전 당시 일본 육군의 주력 전투기로, '매'라는 뜻이다)가 아니고, 제로센이지? 자네는 육군 출신인데 말이야."

"그건……."

입은 떼었지만, 이번에야말로 더 할 말이 없었다. 구태여 이유라면, 여의도 비행장에서 본 비행기가 바로 제로센이었고, 그때부터 제로센만 생각했다. 그때는 비행기가 오로지 제로센만 있는 줄 알았으니까 더더욱 그랬다. 그러다가 육군소년비행병학교에 입학했을 때, 하야부사를 처음 알게 되었다. 육군에서는 제로센이 아닌 하야부사를 주로 탄다는 것을 알고, 그걸 타 보기도 전에 공연히 실망하기도 했었다. 다행히 정비병들은 제로센과 하야부사는 물론이고, 연습기까지 뜯어서 공부했다. 그런데 그때에도 제로센의 격한 엔진 소리가 더 좋았고, 외관도 하야부사에 비해서 더 안정감이 있어 보였다.

"왜 자네에게 내 비행기 정비를 맡긴 줄 아나?"

"……?"

"자네가 처음 여기 왔을 때부터 제로센을 대하는 태도가 남달랐기 때문이야. 쓰다듬고, 그 자리에 앉아서 한도 끝도 없이 살피고, 구석구석 들여다보고……. 마치 사랑하는 연인을 대하듯 말이야. 그것도 첫사랑에 대한 애달픔이랄까?"

"네?"

"하하! 농담일세."

이토 준야가 큰 소리로 웃었다. 얼굴이 화끈 달아오른 조안은 네, 하면서 고개만 끄덕였다. 이번에도 마음을 들킨 느낌 때문에 조안은 가시방석에 앉아 있는 기분마저 들었다.

잠시 후, 이토 준야가 다시 입을 열었다.

"하지만 제로센도 이제는 그루망을 대적하기 버거워. 적기敵機는 끊임없이 개발되는데, 제로센은 제자리거든. 자네가 보기에는 무엇이 가장 큰 문제인가?"

그저 고개만 끄덕이고 있는데, 문득 이토 준야가 물었다.

하지만 조안은 선뜻 대답할 수가 없었다. 그래서 잠시 이토 준야를 쳐다보았다. 소년비행병학교를 졸업한 지 고작 9개월 남짓밖에 되지 않은 신참 정비병이 대답할 수 있는 말인가 싶어서였다. 그러므로 그 말은, 마치 조안을 시험하는 말투로 들렸다. 하지만 그런 조안의 심정을 아는지 모르는지 이토 준야는 대답을 기다리는 듯 조안을 마주 보았다.

하는 수 없이 조안은 입을 열었다.

"엔진이 기체에 비해 무겁습니다."

"맞아. 그건 민첩함을 위해 기체의 무게를 과감하게 줄였기 때문이지. 또?"

"몸체의 철판이 너무 얇아서 조종사들을 보호해 주지 못합니다. 그리고……."

그즈음에서 조안은 다시 눈치를 보았다. 그러자 이토 준야는 고개를 끄덕였다.

"제로센은 날개에 연료 탱크가 있어서……. 이를테면 만약 날개에 총탄을 맞게 되면 화재가 나거나, 화재를 피하더라도 연료가 손실되어 더 이상 전투를 하기가 어렵습니다……."

이번에도 조안은 잠시 머뭇거렸다. 공연히 주제넘는 말이 아닌가 싶은 생각이 들어서였다. 하지만 이토 준야는 이번에도 미소로만 답했다.

조안은 다시 말했다.

"최근 조종사들의 이야기를 들어 보면 그루망의 선회 능력이 예전보다 훨씬 나아졌다고 합니다."

"결국 당분간은 조종사의 능력에 의존해야 한다는 소리로군. 제로센의 강점이 그것이었는데 말이야."

"그리고 통신……."

조안은 자신도 모르게 이토 준야의 말끝에 토를 달 듯 말했다. 순간, 이토 준야의 표정이 일그러졌다. 그 의미를 알 것 같았다. 사실 제로센뿐만 아니라, 일본군의 모든 비행기 통신 장비가 문제였다. 조잡하기 이를 데 없는 것이 고장도 잦았다. 고치려고 해도 본국에서는 부품을 제때에 보내 주지 않았다. 아니, 몇 달 전부터는 띄엄띄엄 보내 오던 부품마저 끊겨 버려, 칭다오의 비행기 절반 이상이 사실상 통신 기기를 사용할 수 없었다.

그 때문에 공중전을 치를 때에도 아군끼리 서로 연락을 취할 수가 없었다. 급한 대로 편대장이 수신호를 보내거나 비행기의 몸체를 움직여 작전을 지휘했지만, 그것은 한계가 있었다. 아군기가 서로 가까이 있을 때만 가능했고, 정작 전투가 벌어지면 신호를 보낼 수도 받을 수도 없었다.

'그런 아무짝에도 쓸모없는 무전기는 떼어 버려!' 언젠가 신경질적으로 말하던 이토 준야가 생각났다. 조안이 의아해서 쳐다보자, 이토 준야는 씁쓸한 표정으로, '무전기를 버리면 그만큼 더 가벼워질 것 아닌가?'라고 말했다.

이토 준야의 말대로 지금은 조종사 개인의 전투 능력에 의존하는 수밖에 없었다. 그래서 그 어느 교관보다 비행사에게 혹독한 훈련을 시키고 있는 것이라고 조안은 생각했다. 물론 그런 덕분에 이토 준야는 모든 비행사들 사이에서 악명 높은 교관으로 통했다.

이토 준야는 깊은숨을 내쉬고, 얼굴을 잔뜩 찡그린 채 자리에서 일어났다. 그러고는 몇 걸음 걷다가 말고 되돌아와 다시 조안에게 물었다.

"참, 자네는 소비학교 다닐 때 성적이 아주 좋았던데, 왜 전투병으로 뽑히지 않았지?"

저는 조센진이기 때문입니다. 그 말이 입안에서 맴돌았다. 하지만 밖으로 내뱉지는 못했다. 그래서 우물쭈물했다. 그러자 이토 준야가 다시 말했다.

"그래서 물어본 거야. 다시 기회가 오면 비행기를 타겠냐고 말이야. 자네라면……."

이토 준야는 무슨 말을 하려다가 멈추었다. 그리고 조안의 어깨를 툭툭 쳤다.

"아무튼 어서 들어가 쉬게. 그리고 혹시 그런 기회가 오거든 절대 비행기를 타지 말게."

"네?"

계단을 다 내려서다가 말고 이토 준야가 알 수 없는 말을 했다.

그래서 조안은 자신도 모르게 큰 소리로 되물었다.

하지만 이토 준야는 대답을 하지 않고 계단을 훌쩍 뛰어 내려가 내무반 반대쪽 언덕길로 올라갔다. 그의 모습이 완전히 사라질 때까지, 조안은 그 자리에서 멈춰 있었다. 방금 한 말이 무슨 뜻이냐고 묻고 싶어서 그쪽으로 달려갈 뻔했다.

그때, 다시 해안 쪽에서 불어온 바람이 몸을 감싸 안았다. 아까만큼은 몸이 시리지 않았다. 다만, 코끝에 다가온 바다 내음은 훨씬 더 강하게 느껴졌다.

# 02. 다시 찾아온 꿈

*

    달빛은 어느새 서쪽 창으로 내려와 내무반 안을 뿌옇게 물들였다. 그러나 조안은 그때까지도 잠을 이룰 수가 없었다. 간간이 코를 고는 소리가 들렸고, 어느 한쪽에서는 누군가 잠꼬대를 했다. 물론 그 때문만은 아니었다. 온갖 생각이 머릿속을 떠돌고 있었기 때문이다.

    이토 준야는 왜 그런 말을 했을까.

    기회가 다시 온다면 비행기를 타겠냐고? 사실 조안은, 얼결에 네, 라고 대답할 뻔했다. 아니, 이토 준야가 한 발만 더 늦게 뒷말을 꺼냈더라면 그 말을 입 밖으로 내놓았을지도 몰랐다. 그런데 기회가 와도 타지 말라니? 조안은 달려가서 장난하는 거냐고 따지고 싶었다.

하지만 지나간 이상 그게 중요한 게 아니었다.

나중에는 그런 터무니없는 말에 흔들리고 있는 자신이 우습게 여겨졌다. 실제로 제 머리를 두어 번 쥐어박기도 했으니까. 그렇지 않은가? 소년비행병학교를 졸업하던 날, 비행 교육 사관이 '조안 도쥬는 정비병!'이라고 선언했을 때, 하늘에 품었던 희망은 더 이상 꿈꿀 수 없는 것이 되었으므로.

그럼에도 이토 준야가 농담—이 아니면 뭐란 말인가?—삼아 한 말에 귀를 쫑긋 세우다니! 자신이 어리석다는 생각이 들었다. 게다가 살벌한 전쟁터에 출격하는 비행사라니? 그건 애초에 자신이 바라던 것과는 거리가 먼 것 아니었던가! 그래서 이제는 모든 걸 포기하고, 집으로 돌아갈 날만 기다리는 중이었는데…….

조안은, 이토 준야의 농담에 구태여 신경을 곤두세울 것 없다고 자신을 다독였다. 그럼에도 그의 목소리는 반복적으로 되살아났다. 한때는 정말로 너무나 원했던 것이니까. 포기하고 꿈을 접었다고 했지만, 지금도 파란 하늘만 바라보면 늘 꿈꾸었던 장면들이 꿈에서도, 아니 멀쩡히 깨어 있을 때도 생생하게 되살아나곤 했으니까.

더 말해 무엇 할까? 정말 바라고 또 바란 일이었기에 마음속으로만 애틋하게 꿈꾼 게 아니었다. 수백 발이 넘는 실탄 사격 훈련 때에도 일등을 했고, 쌀 반 가마 무게는 족히 될 만한 배낭을 메고 백 리 행군을 할 때도 낙오하지 않았다. 자신보다 몸집이 큰 생도들이 오십 리를 넘기지 못하고 쓰러질 때, 조안은 도리어 4등, 5등으로 행군 길을 앞서갔다.

'지독한 조센진!'

다카하라가 거의 꼴찌로 들어와서 조안에게 그렇게 말했다.

그 말에 신경 쓰지 않았다. 그 뒤에도 가라테가 뒤섞인 특수 체조, 검도 같은 기초 군사 훈련을 받으면서 온몸에 상처가 나도 훈련에 뒤처지지 않았다. 온몸이 노그라지고 몸져눕는 한이 있더라도 견뎌 내야 한다는 생각뿐이었다.

행글라이더를 이용한 비행 기초 훈련을 받을 때는 신이 나기까지 했다. 비행기는 아니지만, 행글라이더로 하늘을 처음 날아올랐을 때는 정말로 소리를 질렀다. 생도 가운데 가장 멀리 날았고, 교관은 '네놈은 하늘을 어떻게 날아야 하는지 아는군. 혹 비행기를 타게 되면, 지금처럼만 하면 돼!'라는 말도 했었다.

물론 모스 부호 익히기와 암호 해독과 같은 통신 훈련에서도 앞섰고, 특히 비행기의 모든 부품을 익히고 수리하는 정비 훈련에서도 성적은 늘 최상이었다.

그래야만 했다. 누나가 마련해 준 도쿄까지의 여행 경비에는 엄마의 폐병에 쓸 약값이 포함되어 있었으므로. 뿐만 아니라 '네놈이 무슨 재주로 비행사가 된다는 거야?'라고 빈정대던 아버지 앞에 보란 듯이 비행사가 되어 당당히 서고 싶었기 때문에. 그런데 결과는 정비병이었다.

조안 도쥬, 정비병이다. 제29교육비행대로 간다. 교관으로부터 그 말을 들었을 때, 조안은 다리가 풀려 주저앉을 뻔했다. 자신의 귀를 의심했지만, 사실이 달라지지는 않았다.

그래서 그날 저녁, 교관실을 찾아가 물었다.

'제가 왜 정비병인지 해명을 듣고 싶습니다.'

그게 얼마나 무모한 짓인지 알고 있었지만, 도무지 믿기지 않아서였다.

아니나 다를까. 주임 교관이 조안의 질문을 듣자마자 소리쳤다.

'조안 생도! 귀관은 상부의 명령에 불응하겠다는 건가?'

조안은 더는 뭐라 말을 못 하고 겁먹은 채 눈만 깜박였다. 그러자 주임 교관은 못 박듯 한 번 더 말했다.

'명심하라. 생도의 불복종은 대일본제국에 대한 도전이며, 우리 소년비행병학교에 대한 모독이다.'

그 말에 조안은 더 이상 뭐라 말을 할 수가 없었다.

얼마 후, 칭다오로 향하는 함선 안에서 몇 안 되는 조선인과 대만 출신의 훈련생들 사이에 믿을 수 없는 소문이 돌았다.

'우리에게 비행 임무가 주어지지 않은 건, 우리가 일본인이 아니기 때문이야. 우리가 비행기를 몰고 달아날지도 모른다는 거야.'

누군가는 그렇게 말했는데, 일본인이 아닌 모든 소비 훈련생들은 그 소문을 사실로 받아들였다.

물론 그런 일이 없지는 않았다. 바로 몇 개월 전에 싱가포르에 있는 비행대에서 한 비행병이 아카톰보(당시 일본 공군이 쓰던 95식 연습기)를 몰고 이탈하는 것을 제로센이 격추한 사건이 있었다. 비행병이 고의로 그랬는지 실수로 그랬는지에 대해서는 그 뒤로도 말이 많았지만.

하지만 조안은, 그보다는 자신이 다카하라의 이빨을 부러뜨려서 주임 교관의 눈 밖에 났을 거라는 생각이 들었다.

사사건건 조센진을 입에 달고 눈을 부라리던 놈은, 하물며 식당에서도 새치기를 했다. 훈련 중에도 발을 걸어, 그 바람에 조선인 생도 하나는 다리가 부러졌다. 내무반에서 물건을 훔쳐 가서 조안이 곤란을 겪게 하기도 했다. 그 정도는 아무것도 아니었다.

기초 비행 훈련 때 놈은, 조선인 생도 차례가 되자 행글라이더의 크로스바(날개 중앙을 가로지른 막대로, 날개가 고르게 펼쳐진 채 유지하는 기능을 한다)와 세일(날개)을 묶어 놓은 끈을 고의로 잘라 놓기도 했다. 만약 조안이 그걸 미리 발견하지 않았다면, 조선인 생도는 날개를 펴기도 전에 언덕 아래로 굴렀을 거였다. 아마 큰 부상을 입었을지도 모를 일이었다.

그때 조안은 다카하라의 멱살을 붙잡았다. 시치미를 떼는 놈의 얼굴에 주먹을 날렸고, 놈의 이 하나가 부러졌다.

그런데 문제는 그다음이었다. 헌병대 조사관은 조안의 말을 믿지 않았다.

끈을 풀어 놓은 범인이 다카하라라는 증거를 댈 수 있느냐고 물었다. 물론 다카하라는 한결같이 자신이 한 짓이 아니라고 항변했다. 다카하라는 우연히 그 앞을 지났을 뿐이라고 우겼다. 놈이 하는 짓을 함께 목격한 일본인 생도 또한 다카하라의 편을 들었다.

어쩌면 그래서였는지는 몰라도 다카하라도 공공연하게 말하곤 했다. 조센진은 아라와시가 될 수 없다고. 놈은 칭다오로 향하는 함선에서도 조안에게, '내 말이 틀리지 않았지? 하지만 정비병도 조센진에게는 영광이니, 천황 폐하께 감사하도록 해!'라고 말했었다.

천황에게 감사할 일은 없지만, 별수 없다는 생각이 들었다. 그리고 아버지의 말이 다시 떠올랐다. 그래서 가만히 있다가 때가 되면 조선으로 돌아가기로, 누나와 엄마 곁으로 돌아가기로 마음먹었다.

조안은 머리를 털고 자리에서 일어났다. 그러고 보니 어느새 창밖이 희뿌옇게 물들고 있었다.

조안은 침상에서 일어나 모포를 걷어 냈다. 사물함에서 수건 한 장을 꺼내 뒷주머니에 넣고 세면실로 향했다.

16내무반을 지나 복도 끝에서 오른쪽 모퉁이를 돌았다. 그리고 세면실로 들어서며 전등을 켜기 위해 벽을 더듬었다. 하지만 조안은 그러다가 우뚝 멈춰 섰다. 여전히 어둑한 세면실 안에서 욱, 하는 소리가 연속해서 들려왔기 때문이다. 억지로 숨을 참는 듯한 목소리랄까?

조안은 조심스레 안으로 한 걸음 내디뎠다. 그리고 벽을 더듬어 스위치를 찾았다. 그런데 그때였다.

"불 켜지 마. 제발!"

잔뜩 젖어 있는 목소리였다. 조안은 조금 전의 그 소리가 울음을 참느라 내는 소리였음을 금세 깨달았다. 그리고 목소리의 주인이 제3 정비 반장 가츠무라 중사라는 것을 알 수 있었다.

조안은 따로 묻지 않고, 소리가 난 쪽으로 천천히 다가갔다. 수도꼭지가 줄을 맞춰 늘어선 한쪽 벽 아래, 검은 그림자가 옹송그린 채 주저앉아 있었다. 조안은 그 앞까지 다가가 무릎을 굽혔다.

가츠무라가 심하게 어깨를 들썩이고 있었다. 조안은 자신도 모르게 가츠무라의 어깨에 손을 얹었다.

"케이스케가…… 케이스케가 돌아오지 않았어."

기다렸다는 듯, 가츠무라는 조안의 손길이 닿자 목소리를 높였다. 순간, 조안은 가슴에 커다란 구멍이 뚫리는 기분이 들었다. 그 말에 대꾸할 말이 없었다. 그랬구나, 케이스케도 어제 출격했었지.

가츠무라의 동생 케이스케. 그는 해군 출신이어서 다른 건물의 내무반을 사용했기 때문에 마주칠 일이 거의 없었다. 하지만 가츠무라가 입만 열면 케이스케 이야기를 했기 때문에 친숙한 느낌마저 들었다. 사촌이라고 하지만, 두 사람은 친형제나 마찬가지였다.

'케이스케는 어릴 때부터 우리 집에서 자랐어. 녀석의 집이 시골이거든. 작은아버지가 케이스케를 우리 집으로 보낸 거야, 공부시킨다고. 우린 어릴 때부터 함께 자라서 친형제나 다름없지. 둘 다 비행기에 관심이 많았고. 그래서 내가 4년 먼저 비행병학교에 왔어. 난 비록 정비병이 되었지만, 케이스케는 예과련(일본 해군 소속의 비행 훈련대)을 졸업하고 당당히 아라와시가 되었어.'

언젠가 정비반에서 가츠무라가 하던 말이 떠올랐다. 그 말을 하면서 가츠무라는 조안에게도, 어떻게 자신이 소비를 지원하게 되었는지, 집은 어디인지 등등의 질문을 하며 어깨를 토닥여 주기도 했다. 이를테면 그는 조안에게만큼은 가장 친숙한 사람이었다.

"반장님……."

조안은 입을 열었지만, 뭐라 더 할 말이 없었다. 그래서 그의 한쪽 어깨를 잡고 머뭇거렸다. 그러자 잠시 후, 가츠무라가 고개를 들었다. 그리고 눈물을 훔치며 입을 열었다.

"어제 미귀환기가 석 대나 돼. 이제 제로센으로는 안 되는 건가? 하늘을 호령하던 제로센도 그루망에 속수무책이라지?"

"네?"

"하긴 제로센은 할 일을 다 했어. 비행장에 사는 우리에게는 최고의 기억을 갖게 해 주었지. 짧은 시간이었지만, 우리는 제로센 덕분에 행복했어."

아!

그 말이 귓속에 울리는 순간, 조안은 숨이 탁 멎는 기분이 들었다. 그건 마치 애틋한 친구 또는 연인에게 이별을 선언하는 말처럼 들렸기 때문이다. 그래서였을까? 가슴 깊은 곳에 생채기가 나는 기분이 들었다.

물론 가츠무라가 무슨 말을 하는지 알 것 같았다. 최근 들어 정비병들도 제로센에 관한 이야기를 자주 나누곤 했으니까.

'한때 미군 조종사들에게는, 제로센이 나타나면 무조건 피하라는 지침이 내려졌었대.'

'하지만 지금은 아니야. 새로 개발된 콜세어 전투기를 앞세운 연합군은 하늘에서 수많은 제로센을 격추했어. 그게 현실이지.'

'어디 그뿐이야? 그들은 B-29(2차 대전 당시 미국이 사용한 폭격기. 특히 일본에 원자폭탄을 투하한 비행기로 유명하다)를 동원해 일본군의 항모를 모조리 부숴 놨어.'

물론 그 모든 말이 사실이었다. 그래서 원래 함상기(항공모함에 탑재되는 비행기)였던 제로센은 모함母艦을 잃고 여러 항공대에 다시 배치되었다. 그 탓에 애초에는 하야부사와 95식 연습기만 보유하고 있던 칭다오 비행장은, 해군 출신의 비행사들 덕분에 제로센까지 뒤엉켜 날아다녔다. 뿐만 아니라 신참 비행사를 훈련시

키던 원래의 목적에서 벗어나 정찰 임무는 물론, 폭격기를 호위하는 업무까지 맡게 되었다. 해군 출신이던 케이스케가 칭다오에 오게 된 것도 그 때문이었다.

조안은 이런저런 생각 끝에 고개를 끄덕였다.

그런데 그다음 말은 더 엉뚱했다.

"그들이 가까이 왔어."

그 말을 하면서 가츠무라는 더 떨었다. 정말로 겁에 질린 듯한 표정이었다. 그런데 그들이라니? 조안은 가츠무라의 얼굴을 빤히 쳐다보았다.

하지만 더 무슨 말을 할 것 같았던 가츠무라는 숨을 길게 내쉬며 시간을 끌었다. 그러더니 밝아진 창 쪽을 한참 바라보고 있다가 조금 전보다 더 어이없는 말을 꺼냈다.

"조안, 자네는 다시 비행기를 탈 기회가 와도 타지 말게. 알았지? 더 이상 제로센은 우리를 지켜 주지 않을 거야."

그 말에 조안은 눈을 크게 떴다. 그리고 가츠무라의 얼굴을 마주 보았다. 이제는 가츠무라의 가칠한 수염까지 훤히 드러나 보였다. 그렇지 않아도 처진 눈이 오늘따라 더 힘없이 내려앉은 듯했다.

조안은 뜻밖의 말에 묻지는 못하고, 그의 얼굴을 계속 쳐다보기만 했다. 어젯밤 이토 준야가 한 말과 같은 것이어서 당혹스러웠다. 게다가 지켜 주지 않을 거라니?

무슨 말을 하고 싶은 걸까. 조안은 그 의미를 헤아리느라 고개를 갸웃거렸다. 그사이 가츠무라는 한마디 더 얹었다.

"무서워! 이곳에 있는 동안, 벌써 몇 명의 비행사가 돌아오지 못했는지 알아? 지난달에만 아홉 명, 이번 달은 어제까지 열다섯 명……. 점점 늘어날 거야. 미군은 가까이 와 있고, 전쟁이……."

가츠무라는 여러 번 더듬었고, 그러느라 말이 제대로 이어지지 않았다. 더구나 목소리가 젖어 있는 데다가 심하게 떨리고 있어 바로 앞에 앉았는데도 귀를 기울여야 했다. 하지만 그나마 갑자기 울린 사이렌 소리에 멈추었다.

애앵! 앵! 애애애애애앵!

처음엔 짧게 두 번, 그리고 길게 마치 끝나지 않을 듯. 사이렌에 퍼뜩 정신이 들었다.

"공습이다!"

가츠무라가 튕겨지듯 일어났다. 사이렌의 간격으로 보아 가츠무라의 판단이 맞는 듯했다.

가츠무라는 세면실 밖으로 달려 나갔다. 조안도 따라 뛰었다. 일단 내무반 안으로 들어갔다. 몇몇은 일어나 서둘러 옷을 입었고, 몇몇은 그제야 침상에서 일어났다. 조안은 재빨리 옷을 챙겨 입고 밖으로 달려 나갔다. 그때쯤 복도로 뛰쳐나온 연락병이 반복해서 외쳐 댔다.

"전투 비행조는 즉시 활주로로 이동하십시오. 전투 비행조는 즉시 활주로로 이동하십시오!"

그리고 다시 사이렌 소리가 이어졌다.

조안은 밖으로 나와 정비 창고 쪽으로 뛰었다. 비행사들이 줄지어 늘어선 비행기 쪽으로 달려가고 있는 모습도 보였다. 그때, 조안은 고개를 들어 하늘을 바라보았다. 낯선 비행기 넉 대가 날아가고 있었다.

'적기다!'

조안은 자신도 모르게 중얼거렸다. 높지 않게 날아가는 낯선 비행기의 모습이 한눈에 들어왔다. 비행기의 몸통에 붉은색 일장기가 아닌, 흰 별이 보였다. 미군기가 틀림없었다.

*

서너 시간 남짓, 아무 일도 일어나지 않았다. 남쪽 어딘가로 날아간 미군기는 다시 나타나지 않았으며, 급히 출격한 열두 대의 제로센은 두 시간이 조금 안 돼서 한두 대씩 귀환하기 시작했다.

26번기를 앞세우고 37번기와 12번기가 뒤를 이어 차례로 활주로에 내렸다. 석 대만 정비 창고로 들어왔고, 나머지 비행기는 유도로 옆에 줄을 맞춰 늘어섰다. 정비 창고로 들어온 석 대의 비행기도 특별한 이상은 발견되지 않았다. 프로펠러의 회전수가 고르지 않은 12번기를 빼고는 전혀 문제가 없었다.

생각보다 싱거운 반나절이 지났지만, 분위기는 왠지 모르게 부산스러웠다. 혹시 몰라 또 다른 편대의 비행사들이 아예 유도로에서 대기했지만, 점심시간을 알리는 사이렌이 울릴 때까지 출격 명령은 떨어지지 않았다.

점심시간이 끝날 무렵, 뒤늦게 호출을 받는 건 비행사들이 아니라 조안이었다.

출격했다가 돌아온 제로센의 꼬리를 살피고 있는데, 교관실 연락병이 정비 창고 문 앞에서 외쳤다.

"조안 하사님, 15시 정각까지 비행 훈련 교관실로 오십시오!"

그때만 해도 조안은 그런가 보다 했다. 교관실에서 정비병을 찾을 때는 대체로 출격 전 비행기 상태를 점검하거나, 따로 지시해 둔 비행기의 수리 상태를 상세히 보고받기 위해서였다. 그러므로 별일이 있을 거라고 생각하지 않았다.

다만 이런 일에는 주로 정비 반장을 부르는 게 보통이라 조안은 신참에 불과한 자신을 왜 찾을까, 하는 의구심이 들긴 했다. 그래서 조금은 긴장한 채 부지런히 교관실로 찾아갔다.

그런데 교관실에는 조안 말고도 열한 명의 병사들이 함께 불려와 대기하고 있었다. 모두 소비 출신인데, 그들 중에는 조안과 같은 정비병도 있었고, 통신병도 있었다. 기수는 비슷했고, 대만 출신이 셋이었다. 아무리 고개를 갸웃거려 봐도 영 어울리지 않는 조합이었다.

조안은 그들과 함께 교관실 한쪽에 부동자세로 섰다.

잠시 후, 이토 준야와 나카무라 중좌(중령)가 교관실로 들어섰다. 나카무라는 칭다오 교육비행대의 비행 훈련 참모장이었다.

나카무라는, 조안을 포함한 열두 명의 병사를 하나하나 훑어보며 고개를 끄덕이기도 했고, 살짝 인상을 찌푸리기도 했다. 잠시 후에는 이토 준야에게 건네받은 서류를 한 장씩 넘기며 고개를 끄덕였다.

그러고 난 뒤, 나카무라는 앞에 서서 말했다.

"단도직입으로 말하겠다. 지금 이 자리에서 귀관들의 보직 변경을 명령한다. 새로운 보직은 전투 비행사 대기병이다! 적절한 훈련을 거쳐 전투 비행사로 정식 발령이 날 것이다. 비행기를 타게 된 것을 진심으로 축하한다!"

아!

조안은 자신도 모르게 꾹 다물고 있던 입을 벌렸다. 잘못하면 소리를 바깥으로 내뱉을 뻔했다. 안 그래도 옆에 늘어서 있던 병사들이 서로의 얼굴을 쳐다보며 어리둥절해하고 있었다.

나카무라의 말이 이해가 되지 않았다. 보직 변경이라고? 비행기를 탄다니, 잘못 들은 게 틀림없었다. 그건 다른 병사들도 마찬가지인 듯했다. 부동자세를 한 채였지만, 그들은 눈을 크게 뜬 채 서로 곁눈질했고, 나카무라와 이토 준야의 눈치를 보았다.

그런 병사들에게 나카무라가 한 번 더 말했다.

"천황 폐하의 은혜라 생각하고, 내일부터 훈련에 돌입한다. 이토 소좌(소령)가 너희를 가르칠 것이다."

그러면서 창 쪽에 부동자세로 서 있는 이토 준야를 쳐다보았다. 그러자마자 이토 준야가 이쪽을 쳐다보았고, 천천히 다가왔다. 그는 반대쪽 벽을 쳐다보고 있는 열두 명의 병사들을 향해 말했다. 그의 목소리는 어느 때보다 엄격하게 들렸다.

"비행 훈련에 임하게 된 것을 축하한다. 나는 귀관들을 최고의 전투기 조종사로 만들기 위해 혹독한 훈련도 마다하지 않을 것이다. 혹시라도 자신이 없다면, 지금 말하라."

조안은 침을 꿀걱 삼켰다.

'이것이었나? 어젯밤 이토 준야가 말하던 것이? 도대체 당신은……!'

나카무라의 말이 비로소 이해가 되었다. 그게 무슨 뜻인지 분명히 알 것 같았다. 그래서 더더욱 어떤 반응도 보일 수 없었고, 대꾸를 할 수도 없었다.

조안은 잠시 눈을 감았다. 그리고 숨을 깊이 들이쉬고, 천천히 조금씩 뱉어 냈다. 그런 다음 주먹을 꼭 쥐며 눈을 떴다. 그런데 그때, 눈앞에 제로센이 나타났다. 평화롭게 하늘을 날고 있는 비행기가 선명하게 다가왔다. 깜짝 놀라 눈을 부릅떴더니, 허공에 실로 매달린 제로센의 모형이었다.

그걸 보고 있는 사이, 이토 준야가 저쪽에서부터 병사들 앞으로 천천히 걸어왔다. 한 사람씩 위아래를 훑어보기도 하고, 어깨를 토닥이기도 했다. 열두 명의 병사들은 아무도 입을 열지 않았다.

마침내 이토 준야는 조안의 앞에 와서 멈추었다. 그러자마자 한 번 더 말했다.

"비행사가 되는 일은, 대일본제국의 병사들에게는 가장 큰 영광이 될 것이다. 하지만 그에 대한 책임도 뒤따라야 하며 위험을 무릅쓰고 황국 신민(일제 강점기에 일본이 자국민을 이르던 말)을 지켜 내야 한다. 할 수 있겠는가? 자신이 그에 합당치 않다면, 한 걸음 뒤로 물러나라!"

이토 준야의 끝말이 유독 높았다. 그리고 순간, 그의 눈빛이 조안에게 날카롭게 꽂혔다. 이토 준야의 미간이 파르르 떨리는 게 보였다. 조안은, 이토 준야가 자신을 향해 말하는 것이라는 생각이 들었다.

'어서 뒤로 물러나!'

그 탓에, 다시 기회가 온다면 비행기를 타지 말라던 어젯밤의 목소리도 되살아났다. 이유는 알 수 없었지만, 그 말에 진심이 담겨 있다고 느껴졌다.

그래서 조안은 자신도 모르게 한쪽 발끝을 땅에서 뗐다. 그러느라 아주 잠깐 비틀거렸다. 하지만 선뜻 뒷걸음칠 수가 없었다. 아주 짧은 시간이었지만, 머릿속에서 온갖 생각이 오갔다.

'비행기를 탄다고? 아라와시가 되는 거야? 설마 꿈은 아니겠지? 모든 걸 포기하고 집으로 돌아가기만 하면 된다고, 속으로 얼마나 타이르고 달렸는데……. 기회가 다시 온 거야? 그럼 이제 엄마와 누나에게 비행사가 되었다고 당당히 말할 수 있는 거야? 두 눈을 부라리고 욕설을 내뱉던 아버지에게도 그것 보라고, 도리어 큰소리칠 수 있는 거야? 당당히 고향 방문단이 되어 여의도 비행장에 내려서, 흰색 머플러를 펄럭이며 많은 사람들 앞을……. 그런데 이토 준야는 왜 어젯밤에 그런 말을 한 거지? 아, 그는 이런 일이 일어날 것을 미리 알고 있었구나. 하지만 무슨 이유로 기회가 와도 비행기를 타지 말라고 한 거지? 맞다. 오늘 아침 가츠무라까지! 도대체 무슨 일이야? 하지만 그토록 바라던 꿈이 눈앞에 와 있는데, 알 수 없는 이유 때문에 그걸 포기하라고?'

이러지도 저러지도 못한 채 약간의 시간이 더 흘렀다. 결국 조안은 뒤로 물러나지 못했다. 이토 준야는 조안의 앞을 지나 앞으로 걸어갔다. 그리고 거기서 다시 한번 조안의 얼굴을 쳐다보았다. 그의 얼굴에는 아무런 표정이 없었다.

조안은 이토 준야의 눈길을 슬쩍 외면하고 방 천장에 매달린 제로센을 다시 한번 쳐다보았다. 그리고 자신도 모르게 입속으로 중얼거렸다.

'이제 비행기를 탈 수 있는 거야?'

# 03. 열렬히 희망한다

\*

'파전(巴戰, 공중전을 벌이는 전투기들이 서로 꼬리를 잡으려고 하는 것. 미군은 도그 파이트dog fight라 불렀다)이다!'

조안은 자신도 모르게 속으로 외쳤다. 구름 사이를 빠져 다니며 틀림없이 19번기와 4번기의 뒤를 차례로 따라잡았다 싶었는데, 구름이 걷히는 순간 두 대의 비행기가 양쪽으로 흩어졌다. 그 바람에 어느 한쪽을 재빨리 쫓지 못하고 머뭇거린 게 실수였다.

'오른쪽!'

그렇게 마음먹고 기수機首를 돌리는 순간, 이번에는 19번기가 구름 뒤로 사라졌고 다시 조안은 당황했다. 그리고 두리번거리는 사이에 19번기가 뒤쪽에서 나타났다. 깜짝 놀라 재빨리 비행기를 급강하시켰지만, 19번기는 금세 조안의 비행기를 따라왔고, 그에 더해 4번기까지 꼬리를 물었다. 아차 싶었다.

파전에서 쫓길 때는 백까지 셀 동안 빠져나오지 못하면 70퍼센트는 격추당한다고 이토 준야가 해 준 말이 떠올랐다. 더구나 19번기는 다카하라, 4번기는 소라모토였다. 둘 다 이토 준야가 칭찬할 만큼 비행 실력을 갖춘 비행사였다. 조금 전, 조안과 한 팀인 22번기의 꼬리에 매달린 노란 풍선을 떨어뜨린 것도 다카하라였다.

아니나 다를까. 열댓까지 세었을 때, 뒤따라 붙은 비행기에서 사격이 시작되었다. 예닐곱 발의 총알이 날개 옆으로 스쳐 지나는 게 보였다. 순식간에 소름이 돋았다. 조안은 반사적으로 돌아보았다. 다행스럽게도 뒤에 매달린 길쭉한 노란 풍선은 아직 그대로였다.

'빠져나가야 해.'

조안은 무심결에 중얼거렸지만 잠깐 동안 어떻게 해야 할지 판단이 서지 않았다.

'……서른하나, 서른둘.'

일단 조종간을 오른쪽으로 밀어 선회했다. 동시에 조금 더 아래로 내려갔다. 엔진 소음이 커졌고, 곧바로 무인도의 숲이 눈앞에 다가와 있었다. 동시에 뒤편의 비행기에서 쏜 총탄이 날아왔다. 스쳐 지나간 총알이 숲의 나무들을 뒤흔드는 게 보였다.

조안은 흔들리는 나무 위를, 닿을 듯 낮게 날았다. 그러는 바람에 잔가지와 나뭇잎이 더 거칠게 흔들렸다. 그러기를 잠깐, 조안의 비행기는 곧바로 바다 위를 날았다.

'……예순둘, 예순셋, 예순넷.'

순간, 조안의 머릿속에 한 가지 생각이 스쳐 지나갔다.

'물보라!'

이토 준야의 무용담을 들은 기억이 났다. 위험하긴 하지만 바다에서 뒤쫓아 오는 적기를 따돌리기에 가장 좋은 방법이라고.

조안은 재빨리 조종간을 밀었다. 그러자마자 비행기가 더 아래로 내려갔다. 잔잔했던 수면이 일렁거렸다. 아니, 비행기가 수면에 닿을 듯 말 듯하자 양쪽으로, 그리고 뒤쪽으로 물보라가 일어나는 게 보였다. 그리고 어느 순간부터 뒤쪽 비행기의 사격이 멈추었다.

조안은 뒤를 돌아보았다. 따르던 비행기 두 대가 보이지 않았다. 물론 그들도 이쪽을 보지 못할 것이었다. 물보라가 시야를 방해할 테니.

'여든일곱, 여든여덟.'

자신감이 생겼다. 조안은 양쪽 날개를 오른쪽, 왼쪽으로 반복해서 기울였다. 그러자 더 많은 물보라가 일었다. 그걸 보고 조안은 기체를 들어 올리며 재빨리 왼쪽으로 선회했고, 그러자마자 저편 뒤로 19번기가 보였다. 조금 전보다 간격이 벌어져 있었다. 방향을 잡지 못하고 있는 듯했다.

이때다 싶었다. 조안은 조종간을 당겨 하늘로 치솟아 올랐다. 한참을 수직으로 오른 다음, 배면 비행을 하며 커다랗게 원을 그리며 날았다. 조안이 기체를 바로잡았을 때는 어느새 두 대의 비행기 위였다. 이제는 19번기와 4번기의 꼬리를 잡을 수가 있었다. 그러자마자 조안은 먼저 19번기의 꼬리에 매달린 빨간 풍선을 조준했다.

'하나, 둘, 셋!'

숨을 멈추고 기관총 손잡이를 당겼다. 순간, 빨간 점들이 앞쪽을 향해 날아갔다. 아니, 그러는가 싶더니 19번기의 꼬리에 붙어 있던 풍선이 터지며 불길이 치솟았다. 그걸 보면서 조안은 속력을 더 냈고, 곧바로 4번기 뒤에 붙었다. 이번에도 차분하게 조준한 뒤, 사격을 했다. 결국 4번기의 꼬리에 붙은 풍선도 불을 내고 쪼그라들었다.

휴!

조안은 길게 숨을 내쉬었다. 그리고 하늘 높이 날아올랐다.

그리고 어느 때쯤, 조안의 오른쪽 옆으로 제로센 한 대가 나타났다. 이토 준야의 비행기였다. 조안은 손을 들어 거수경례를 했다. 그러자 이토 준야가 조안을 가리키더니 엄지손가락을 들어 보였다.

'네가 모의 전투에서 이겼다!'

그렇게 말하는 것 같았다. 그래서 조안은 입속으로 대답했다.

'네, 제가 이겼습니다!'

곧 이토 준야는 오른쪽을 가리켰다. 활주로 쪽이었다. 조안은 기수를 돌렸다. 그리고 나자 온몸을 죄고 있던 긴장감이 서서히 잦아들었다.

지난 석 달간의 일들이 연기처럼 오른편 하늘의 뭉게구름으로 피어올랐다.

*

무엇보다 다시 비행기를 타라는 명령을 받은 날 밤이 생각났다.

그때, 이토 준야는 세면실을 나서는 조안에게 왜 거절하지 않았느냐고 물었다. 조안은 대답하지 못했다. 그랬더니, 이토 준야는 후회하지 않을 수 있냐고 물었다. 물론 조안은 절대 후회하지 않겠다고 자신 있게 대답했다.

그러나 이토 준야의 훈련은 생각보다 거칠었고, 또한 섬세했다.

한겨울에도 입에 단내가 나고, 온몸을 땀으로 목욕할 정도로 뛰었다. 산에도 오르고, 종일 바다에 나가 헤엄도 쳤다. 기초 체력이 강해야 한다며, 한 달 내내 그 훈련만 반복했다. 그러는 틈틈이 나무에 발목을 묶고 거꾸로 매달리는 훈련을 반복적으로 시켰는데, 알고 보니 그건 배면 비행을 위해서 필요한 것이었다. 비행기를 뒤집은 채 날아야 할 때, 피가 거꾸로 쏠리기 때문에 위험하다는 이유였다. 즉 배면 비행을 오래 지속하기 위해 필요한 훈련이라며 반나절을 나무에 매달려 있도록 시키기도 했다.

게다가 그의 훈련은 매우 과감하기까지 했다.

기초 훈련을 마치고 연습기를 타기 시작했을 때였다. 2식 복좌 전투기(2명이 나란히 탈 수 있는 훈련 전투기)로 고작 다섯 번의 동승 비행 훈련을 마치자마자, 이토 준야는 곧바로 단독 비행을 지시했고, 그것도 딱 다섯 번뿐이었다.

여섯 번째 단독 비행은, 일대일의 귀환 훈련이었다. 이토 준야가 직접 비행병들을 이끌고 무려 300킬로미터를 날았다. 목적지도 없었다. 지금 떠 있는 곳이 망망대해라고 느꼈을 즈음, 이토 준야는 비행병들을 놓고 사라졌다. 거기서 비행병들은 어느 누구의 도움도 없이 각자 칭다오 비행장으로 되돌아와야 했다. 비행병들에게 남겨진 것은 지도 한 장과 컴퍼스뿐이었다.

비행기에 오르기 전, 이토 준야가 말했었다.

'네가 타는 비행기 안에는 약 650킬로미터를 비행할 수 있는 연료만 들어 있다. 나와 함께 300킬로미터를 날아갈 것이고, 그곳에서 너는 혼자 돌아와야 한다. 이건 훈련이자 실전이다. 중간에 그루망을 만날 수도 있기 때문이다.'

갈 때는 두렵지 않았다. 이토 준야가 있었으므로. 그러나 어느 지점에서 이토 준야가 머리 위로 두 번, 세 개의 손가락을 펴 보이고는 급강하하여 사라졌고, 그 직후부터 공포가 찾아왔다.

방향을 가늠할 수 있는 건, 아무것도 없었다. 태양조차도 머리 위에 있어서 동서남북이 구분되지 않았다. 손에 쥐어진 것이라고는 지도 한 장과 컴퍼스뿐이었다. 연료가 소모되는 속도로 보아, 적어도 30분 안에 칭다오 비행장의 방향을 정확히 찾아내야 했다.

그 30분 동안, 견딜 수 없는 두려움에 몸을 떨었다. 그루망이 나타날지 모른다는 두려움은 크지 않았다. 어쩌면 적기와 마주친 적이 없어서, 실감이 나지 않았기 때문일 터였다. 미군기와 전투를 벌인 이야기는 수도 없이 들었지만, 듣는 이야기는 늘 남의 이야기 같을 뿐이었으니까.

정작 두려웠던 것은, 만약 칭다오 비행장을 찾아내지 못하면 망망대해에 추락할 수도 있다는 점. 더구나 30분 안에 찾지 못하면, 찾아내더라도 연료가 모자라 가는 중에 추락할 수도 있다. 그 탓에 30분 동안 식은땀을 흘렸고, 발을 동동 굴렀다.

조안은 30여 분 동안, 넓은 원을 그리며 선회 비행을 했다. 그러면서 지도 위에 점으로 표시된 무인도를 가까스로 찾아냈다. 그 덕분에 칭다오 비행장으로 가는 방향을 가늠할 수 있었지만, 어느 정도 비행할 때까지는 두려움이 가시지 않았다.

'내가 제대로 가고 있는 걸까? 이쪽이 맞는 거야?'

가도 가도 끝나지 않는 바다가 두려웠고, 어느 곳을 봐도 새파란 하늘이 무서웠다. 그건 꿈에서 보던 바다가 아니었다. 늘 꿈꾸던 하늘의 모습과도 달랐다. 하늘과 바다는 아주 냉혹했다. 길도 가르쳐 주지 않았고, 말을 걸어 주지도 않았다. 그렇게 파란색만 내어놓고 가만히 있었다. 참견도 하지 않았고, 밀어내려는 기색도 없었다. 그래서 더 야속했다.

가까스로 칭다오 비행장을 찾아 돌아왔을 때, 이토 준야가 말했다.

'조종사는 적보다 먼저 자신과 싸워 이겨야 해.'

모지락스럽게 들리긴 했지만, 조안은 고개를 끄덕일 수밖에 없었다.

물론 훈련은 그게 전부가 아니었다. 배면으로 바람을 맞으며 일순간 속도를 두 배로 높이며 적기를 따돌리는 방법, 나사못처럼 몸체를 회오리치며 비행하며 적의 기관총 공격을 피하는 방법, 적기와 동시에 총탄이 떨어졌을 때, 몸체를 충돌시켜 공격하는 방법. 뿐만 아니라 야간 비행은 물론, 강풍과 맞서며 비행하는 요령과 바퀴가 고장 났을 때 몸체로 비상 착륙하는 기술까지. 이토 준야는 철저했고, 세심했으며, 완벽했다.

조안은 그런 이토 준야가 고마웠다. 어쩌면 그야말로 조안이 잃어버릴 뻔한 아라와시의 꿈을 이루게 해 주었으니까. 그랬으므로 그와 함께한 모든 시간이 고됐지만 즐거웠다. 비록 두려웠지만, 그 시간이 지나자 스스로가 대견했다. 그래서 조안은 생각했다. 언젠가 비행기를 타고 고향으로 돌아가는 날, 그의 손을 잡고, '당신 때문에 꿈을 이루었고, 그래서 당신을 영원히 가슴속에

담을 것입니다'라며 고개 숙여 감사의 인사를 하기로. 석 달은 그렇게, 바다 위의 바람처럼 재빠르게 훅 지나갔다.

그런 생각이 머릿속에 가득해지자, 조안은 자신도 모르게 미소를 지었다.

그즈음 정신을 차리고 돌아보았을 때, 어느새 동쪽 아래로 활주로가 보였다. 이미 이토 준야의 비행기가 활주로에 착륙하고 있었다. 조안은 그 모습을 보고, 활주로 위를 한 번 선회했다.

활주로 군데군데 패였다가 다시 새 흙과 시멘트로 덮은 흔적이 눈에 들어왔다. 마치 해진 옷에 다른 옷감을 덧대어 꿰맨 것 같은 모습이었다. 하긴 비행 훈련을 받는 동안, 연합군의 공습만 네 번이 있었으니 온전하기를 바라는 것도 무리였다. 게다가 해가 바뀌어 1945년이 되자 비행사들의 출격이 잦아졌다. 그에 따라 돌아오지 못하는 비행사들의 수도 조금씩 늘어났다. 그러는 사이 바짝 말랐던 활주로 주변의 나뭇가지가 다시 푸르게 물들어 있었다.

조안은 19번기까지 무사히 착륙하는 것을 확인하고 천천히 활주로에 접근했다. 바퀴가 활주로에 닿는 순간, 조안은 한 번 더 중얼거렸다.

'내가 해냈어!'

*

"조안! 역시 네가 이길 줄 알았어!"

조종석의 뚜껑을 열자마자 가츠무라가 활짝 웃으며 말했다. 조안은 그가 내민 손을 맞잡고 일어나 밖으로 나왔다.

"아니에요. 정비가 완벽했어요. 비행기가, 내가 바라는 대로 한 치의 오차 없이 움직여 주었어요."

사실이 그랬다. 정비가 약간만 잘못되어도 비행기는 늘 크고 작은 말썽을 일으켰다. 더구나 95식 연습기는 오래된 비행기였고, 그 때문에 잔고장이 잦았다. 그러나 모의 전투 훈련 전날부터 가츠무라는 엔진룸부터 프로펠러까지, 심지어 연료를 너무 많이 넣으면 안 된다며 자칫 지나칠 만한 곳까지 세밀하게 살펴 주었다.

"아니야. 역시 네 녀석은 타고난 아라와시다!"

"그보다는 가츠무라 반장님의 솜씨가……."

연신 흰 이를 드러내 보이며 가츠무라가 조안의 어깨를 두드렸다. 그래서 한 번 더 가츠무라에게 고맙다고 말하려는데, 그의 등 뒤에서 다카하라가 이쪽으로 걸어오고 있었다. 조안은 말끝을 흐렸다. 그리고 다카하라를 마주 보았다. 다카하라는 잔뜩 인상을 찌푸린 채 조안을 노려보며 지나갔다. 분해서 어쩔 줄 모르겠다는 표정이었다.

"괜찮아. 저 녀석도 딴에는 억울하겠지. 그나저나 얼른 이토 소대장에게 가 봐."

가츠무라가 다시 한번 조안의 어깨를 두드리며 말했다. 그러고 보니 두리번거려 봐도 이토 준야가 없었다. 조안은 고개를 끄덕이고 교육 비행 본부 건물을 향해서 걸었다.

그런데 자신도 모르게 걸음이 빨랐다. 마주쳐 불어오는 바람을 들이마시면서도 보폭을 넓혀 걸었다. 금세 숨이 가빠질 만큼 서두르고 있었다.

하지만 교육 비행 본부 건물 앞까지 와서 조안은 속도를 늦추었다. 멋쩍은 생각이 들어서였다. 이토 준야가 칭찬이라도 해 줄지 모른다는 기대를 자신도 모르게 갖고 있었기 때문이다.

'뭐야, 어린애도 아니고!'

조안은 제풀에 얼굴을 붉혔다. 하긴 이토 준야가 낯 뜨거운 칭찬을 늘어놓을 만큼 자상한 사람은 아니었다. 그래서 조안은 멋쩍게 웃었다.

조안은 건물 안으로 들어서서 2층으로 오르는 계단 쪽으로 걸었다. 숨을 몰아쉬며 계단을 올랐다. 그리고 교관실 문 앞에 섰다. 하지만 문을 두드리려다가 말고 멈추었다. 안에서 거친 목소리가 들려 나왔기 때문이다.

"이토 소좌, 왜 비행사들에게 전투 훈련을 반복하나?"

"말씀드렸다시피 지금은 비행사의 전투 능력이 가장 필요한 때입니다."

"또 그 소린가? 우리 일본군 비행기가 그렇게 형편없단 말인가? 그래도 한때는……."

"그건 쇼와 18년(1943년)까지의 일입니다. 지금 우리 일본군 비행기는 제로센이나 하야부사 모두 연합군이 개발한 F6F 헬캣이나 F4U 코르세어 전투기에 비해 성능이 크게 뒤처지고 있습니다. 더구나 아군은 비행사들끼리 무전을 주고받을 수가 없습니다. 공동 작전이 불가능하다는 뜻입니다. 결국 개개인의 전투 능력으로 미군기를 격추해야 하고, 살아남아야 합니다."

먼저 거칠게 말을 꺼낸 사람은 나카무라 중좌가 틀림없었고, 마치 변명하듯 대답한 사람은 이토 준야였다. 물론 미군기의 이름을 대면서 막힘없이 말을 이어 간 것도 이토 준야였다.

"이토 소좌는 그게 그렇게 중요하다고 생각하나?"

"그렇습니다. 우리 일본군 비행기는 그 어떠한 조종사 보호 장치도 없습니다. 미군기는 조종석에 방탄유리도 갖추기 시작했고, 무엇보다 튼튼한 몸체가 조종사를 보호해 줍니다. 그러나 제로센만 해도 보호 장비는커녕 날개에 연료를 넣어 적의 기관총에 스치기만 해도 비행기가 불덩어리가 됩니다. 그래서……."

그런데 이번에는 이토 준야의 말이 끝나기도 전에 나카무라가 신경질을 내며 소리를 높였다.

"아니라고 했잖은가? 그들에게 필요한 훈련이 무언지 아나? 급강하 훈련과 저공비행 훈련이야. 그게 상부의 지시야. 게다가 연료 한 방울이라도 아껴야 하는 걸 모르는가?"

"특공 때문입니까? 하지만 우리 교육비행대에는 아직 아무런 명령이……."

"아니, 곧 명령이 하달될 거야. 이건 교육 사령관의 명령도 아니고, 대본영(일본군 총사령부)의 명령이란 말일세."

"말이 안 됩니다. 정말 그 지시에 따라야 합니까? 정말 대본영에서 그런 명령을 내렸단 말입니까?"

"내가 거짓말을 하는 것처럼 보이나? 그리고 특공은 이미 시작되었다고 몇 번을 말했나? 레이테만 해전(2차 대전 당시 미국과 일본 간에, 필리핀의 레이테만에서 벌어진 최대 해전으로, 일본은 이때부터 자살 특공대를 투입했다)에서 수십 명이 천황 폐하를 부르며 임무를 완수했네. 그게 작년 시월이라고! 불과 몇 달 전의 일이야! 그들은 자네가 가르친 비행사들보다 더 뛰어난 조종사였어."

"하지만 어떻게……. 이곳 비행사들은 아무것도 모르고 있습니다."

"곧 알게 될 거야."

"제 말은 그 뜻이 아닙니다. 저 아이들 중에는 고작 열여섯 살밖에 안 된 아이도 있습니다."

"나이가 무슨 상관인가? 지금은 전쟁 중이야!"

나카무라의 목소리가 높아졌다. 그 때문일까? 이토 준야가 대꾸하는 목소리는 들리지 않았다.

조안은 혼란스러웠다. 특공은 무엇이고, 대본영의 명령은 또 무얼까? 레이테만 해전에서 임무를 완수한 조종사들은? 도대체 그들이 무엇을 했기에?

조안은 다시 문을 두드리기 위해 손을 들었다. 하지만 다시 내리고 말았다. 그 순간, 다시 목소리가 흘러나왔기 때문이다.

"오늘 우리 비행교육대의 모든 비행병들에게 지원서를 받을 거야."

"네? 왜 하필 오늘……?"

"그리고 다음 달에 30명의 비행병이 더 우리 교육대로 올 거야. 그들을 교육할 준비를 하게. 이번에야말로 엉뚱한 짓 하지 말고, 강하 훈련과 저공비행 기술만 가르치게. 그리고 아까 열여섯 살이라고 했나? 이번에 오는 비행병 가운데는 열다섯 살짜리도 있어. 아니, 더 어린 아이가 있을지도 모르지."

"그게 무슨 말입니까? 어찌 그런 아이들까지……."

잠시 말이 끊겼다. 조안은 자신도 모르게 문 앞에 더 바짝 다가갔다. 조금 시간이 지나고 나자 나카무라가 말을 이었다.

"오키나와에 미군이 상륙했다는 소식 들었나? 도쿄가 공습을 당했다는 소식은?"

"네? 설마 우리 일본군이……."

"그만! 더 이상은 말하지 말게. 지든 이기든 우리는 대본영의 명령대로 싸울 뿐이야."

"그 때문이었군요. 오키나와 그리고 도쿄……."

그 말 뒤에 다시 말이 끊겼다. 그리고 한참 동안 더 이상 목소리는 들리지 않았다. 이토 준야가 무슨 대꾸라도 할 줄 알았지만, 아무 말도 하지 않았다.

조안은 잠시 벽에 등을 기대어 섰다. 방금 들은 말들이 머릿속에 남아 쩌렁쩌렁 울렸다. 그런데 하나도 이해할 수가 없었다. 한 마디씩 헤아려 보려고 애썼지만, 마찬가지였다. 머릿속은 그저 복잡하기만 할 뿐 명료한 건 하나도 없었다.

얼마나 시간이 지났을까?

안에서 책상 서랍을 열고 닫는 소리, 그리고 구둣발 소리가 몇 번 들려 나왔다. 그런 다음에 문이 열렸다. 조안은 벽에서 등을 뗐고, 그 순간 이토 준야와 눈이 마주쳤다. 그의 얼굴은 몹시 어두워 보였다.

이토 준야는 조안을 한 번 쳐다본 다음, 복도를 걸어갔다. 그리고 아래쪽으로 내려가는 계단 앞에 서더니 뒤돌아 조안을 다시 바라보았다. 그런 다음, 고개를 한쪽으로 까닥였다. 따라오라는 소리 같았다. 조안은 얼른 그 뒤를 쫓아갔다.

이토 준야는 일 층으로 내려가더니 밖으로 나가는 현관문 앞에 섰다.

"아직도 후회하지 않나? 비행사가 된 것 말이야."

뜻밖에도 이토 준야는 그렇게 물었다. 생각지도 못한 질문이어서 조안은 대답하지 못했다. 그날 밤 했던 질문과 너무 비슷한 질문이어서였다.

조안이 대답하지 못하자 이토 준야는 더 이상 묻지 않았다. 그러더니 아예 밖으로 나갔다. 그리고 열댓 걸음을 걷다가 뒤돌아 말했다.

"오늘, 정말 잘했다. 내가 가르친 비행병 중에서 최고였다."

그렇게 말하고 이토 준야는 활주로 쪽으로 걸어갔다. 그의 축 처진 어깨 너머로 해가 지고 있었다. 이상하게도 칭찬을 들었음에도 조안은 선뜻 기쁜 마음이 솟아오르지 않았다. 그의 낮은 목소리 때문인지 도리어 이유를 알 수 없는 걱정이 땅거미처럼 온몸을 휘감았다.

그런 탓일까. 조안은 오래도록 자리를 떠나지 못했다. 유도로를 따라 활주로 동편 끝으로 걸어가고 있는 이토 준야가 정비 창고로 이동 중인 비행기 뒤쪽으로 완전히 사라진 뒤에도, 한동안 그곳에 서 있었다.

*

"조안! 축하한다. 네가 두 대를 모두 잡았다며?"

"연습기로 수면 근접 비행을 해냈다던데? 얌전한 줄 알았더니, 그런 담력은 어디서 나온 거야?"

내무반에 들어서자마자, 각자 제자리에 흩어져 있던 비행사들이 하나둘 다가오며 말했다. 그중에는 다카하라와 한 팀이었던 소라모토도 있었다. 그는 모여 선 비행사들을 헤치고 나와 장난스럽게 조안의 볼을 툭툭 쳤다.

"이 괴물 같은 녀석. 나는 네놈이 마술을 부리는 줄 알았다고!"

그러자 주위의 비행사들이 크게 웃었다.

소비 출신 비행사 중에서 가장 나이가 많고, 게다가 상대편이었던 소라모토에게 그런 말을 듣자 조안도 기분이 좋아졌다. 하지만 정작 조안의 가슴을 두근거리게 한 건 그다음이었다. 주위에 모여들었던 비행사들이 하나둘 제 침상으로 돌아가자, 이번에는 오카모토가 다가왔다. 모의 전투에서 조안과 한 팀으로 22번기를 몰았던 그는, 조안이 정비병이었을 때 통신병이었다.

"조안, 내일부터 우리도 제로센을 탄대."

그 말에 조안은 잠깐이었지만, 심장이 빨리 뛰었다. 하야부사도 아니고 제로센이라니! 조안은 비행복을 벗다가 말고 오카모토를 쳐다보았다. 정말이야, 라고 묻는 표정으로.

그러자 오카모토가 한 번 더 말했다.

"이토 소대장이 정비병들에게 우리가 탈 제로센을 점검해 놓으라고 했대."

"그, 그럼……?"

무언가 대꾸는 해야 할 것 같아서 입을 열었지만, 더는 뭐라 말을 하지 못했다. 묘한 기대와 흥분이 몰려왔다. 처음 여의도 비행장에서 보았던 그 비행기를 이제 내가 탄다고? 솔직히 믿어지지 않았다. 비행 훈련을 받는다고, 모두 제로센이나 하야부사를 타는 건 아니었으므로.

비행사들도 훈련 성적에 따라 A등급은 전투, B등급은 폭격, C등급은 수송으로 나뉘었다. 즉 성적이 가장 좋은 비행사들만 전투기 조종사가 될 수 있었다.

아!

조안은, 이번에는 입 밖으로 소리 내지 않고 탄성을 질렀다. 무언가 해냈다는 기분이 들자 온몸이 부르르 떨렸다. 그리고 그러자마자 생각이 비약했다.

'그럼 나도 제로센을 몰고 고향 방문단이 되어……'

그 덕분에 자신도 모르게 미소가 지어졌고, 그날 여의도 비행장의 일이 생각났다. 비 오는 날, 경성역에서 자신을 배웅하던 누나의 모습도 떠올랐다. 그때 조안은 열차의 창밖에 서서 눈물을 흘리던 누나한테 말했었다.

'나도 고향 방문단이 되어서 돌아올게!'

그럼 이제 누나와 한 약속을 지킬 수 있게 된 걸까? 혼자 그런 생각을 하고 나니, 방금 전보다 가슴이 더 뛰었다. 그럴 수밖에. 도쿄의 비행병학교에 있을 때, 딱 한 번 도착한 누나의 편지 속에 담긴 한마디가 연이어 떠올랐기 때문이다.

'누나는 새만 날아가도 하늘을 쳐다본단다. 그러다가 가끔 비행기가 날아가면 시간 가는 줄 모른 채 넋 놓고 하늘을 봐. 엄마도 기다리실 거야.'

그러고 나자 또 다른 연상이 다시 꼬리를 물었다.

……멋진 비행기를 타고 고향 방문단으로 여의도에 내린다. 수많은 사람이 환호성을 지른다. 슬쩍 돌아보니 모두 부러워하는 눈치다. 그들을 헤치고 나서니 엄마가 저 앞에서 반겨 준다. 우리 아들 장하구나. 이렇게 돌아온 너를 보니, 병도 금방 낫겠구나. 그러면서 엄마는 조안을 꼭 안아 준다.

하긴 고향으로 돌아가는데, 제로센이면 어떻고 하야부사면 어떤가?

그런데 그때였다. 갑자기 내무반 문이 벌컥 열렸다. 그리고 동시에 소라모토가 문 쪽으로 내달으며 외쳤다.

"차렷!"

얼른 돌아보니, 나카무라 중좌였다. 아니, 그뿐만이 아니었다. 이토 준야와 또 다른 교관 둘, 그리고 행정 사관 한 명과 두 명의 사병이 그 뒤를 따랐다. 조안과 내무반의 비행사들은 침상 앞쪽에 부동자세로 섰다.

그런데 왜일까? 나카무라의 오른쪽 뒤에 선 이토 준야의 얼굴이 아까처럼 어두웠다. 그걸 확인하는 순간, 조안은 교관실 밖에서 엿들었던 말들이 급히 스쳐 지나갔다. 특공 때문입니까, 대본영의 명령이란 말일세, 천황 폐하를 부르며 임무를 완수했네 따위의 말들.

그런데 그 말을 떠올리자마자 숨이 가빠졌다. 정확한 의미를 헤아리지도 못하면서 왜 이리 긴장감이 치솟는 걸까. 스스로 물었지만, 해답을 알 리 없었다. 조안은 곁눈질로 침상 앞에 늘어선 비행사들의 모습을 살폈다. 그들은 잔뜩 군기가 든 채, 정면을 응시하고 있었다.

나카무라는 부동자세로 서 있는 비행사들을 두어 번 찬찬히 돌아보았다. 그런 뒤에야 입을 열었다.

"여러분들은 이제 비행병이 아니다. 수개 월간의 추가 훈련을 마치고 떳떳한 비행사가 되었다. 그리하여 오늘은 제군들에게 아주 특별한 날이다. 더하여 본국의 대본영에서 여러분들이 천황 폐하와 신민을 위해 충성할 기회를 마련해 주었다. 이에 제군들은 오늘을 영광스러운 날로 기억하고, 하나도 빠짐없이 대본영의 부름에 응해 주길 바란다."

혹 대답을 바란 것일까. 나카무라는 그렇게 말을 마치고 다시 비행사들을 돌아보았다. 하지만 아무도 대꾸하지 않았다. 그 때문에 무거운 침묵이 내무반 안을 감싸고 돌았다.

잠시 후, 나카무라는 말을 이었다.

"지금 대동아 전세가 미국을 비롯한 연합군의 반격으로 그리 마음 놓을 수만은 없는 상황이다. 이에 대본영에서는 곳곳에서 발악하고 있는 연합군의 함대를 적시에 타격하기 위하여 특공을 지원받고 있다. 이미 수백 명에 이르는 특공 비행사들이 적의 함대에 돌진하여 적의 진격을 막아 냈다. 하지만 아직도 간악한 적의 항모가 감히 본토를 향하고 있어 여러분에게도 특공의 기회를 주고자 한다. 누가 먼저 천황의 신민으로 특공을 지원하겠는가?"

나카무라는 뒷말을 높이 꺾어 올리고, 방금 전처럼 다시 비행사들을 하나씩 쳐다보았다. 물론 이번에도 누구 하나 답하지 않았다. 무엇보다 말뜻을 헤아릴 수 없어서가 아닐까? 조안도 아주 짧은 시간이었지만, 나카무라의 말에서 그 뜻을 찾아내느라 애써야 했다.

'적의 함대에 돌진한다고?'

그렇게 스스로에게 되묻는 순간, 조안은 끔찍하게도 비행기째 적의 항모에 쑤셔 박히는 장면을 떠올렸다. 하지만 곧 고개를 저었다. 시답지도 않은 상상을 한 자신이 우스웠다. 그 때문에 얼결에 웃을 뻔했다.

그때였다. 나카무라가 고개를 끄덕이는 듯하더니, 뒤쪽에 서 있던 병사 둘에게 고갯짓을 했다. 그러자 병사 한 명이 앞으로 나오더니, 손에 들고 있던 무언가를 비행사들에게 하나씩 나누어 주기 시작했다. 펼친 손바닥보다 조금 더 큰 종이쪽지였다.

막상 받아들었을 때, 오른쪽 옆의 굵은 글씨가 먼저 눈에 들어왔다.

## 新風特攻隊志願書(신풍특공대 지원서)

신푸 톳코타이……, 조안은 읽다가 말았다. 그리고 가운데 위쪽에는 '부否'와 '망望' 자가 나란히 써 있었고, 그 아래쪽은 비어 있었다. 맨 아래쪽에 계급과 소속을 쓰라고 적힌 걸 보니 이름을 쓰는 곳 같았다.

비행사들이 웅성대기 시작했다. 서로의 얼굴을 보면서 고개를 갸웃거리기도 했다. 조안도 바로 옆에 서 있는 오카모토를 쳐다보았다. 그러자 오카모토는 자신도 모르겠다는 듯 어깨를 으쓱해 보였다.

그때, 내무반 안쪽 자리에서 누군가가 물었다.

"특공이 무엇입니까? 우리가 비행기를 몰고 적의 항모와 충돌한다는 뜻입니까?"

"그렇다! 적의 공격을 지연시키기 위한 작전이다. 그러나 특공의 기회는 아무에게나 주어지지 않는다. 너희들 모두가 특공에 지원한다고 하더라도 그 영광을 누릴 자는 따로 있을 것이다. 특공에 선택된 조종사는 대일본제국의 자랑스러운 군인으로 기억될 것이다."

기다렸다는 듯, 나카무라가 소리를 높여 대답했다. 그때, 질문했던 목소리가 다시 물었다. 이번엔 고개를 기울여 쳐다보니, 츠토무였다. 키가 크고 어깨가 넓어 늘 듬직한 비행병학교 동기다.

"그러면 비행사는 언제 어떻게 탈출합니까? 제로센은 비행사가 탈출하려면, 조종석의 구조상……."

그런데 그때였다. 더 안쪽에서, 츠토무보다 더 큰 목소리가 들려 나왔다.

"제가 가장 먼저 특공에 지원하겠습니다. 천황 폐하와 조국의 신민을 위해서라면 이 한 목숨 기꺼이 바치겠습니다. 대일본제국의 군인으로서 무엇이 두렵단 말입니까? 츠토무, 꼭 탈출해야 하나? 우리가 적의 항모 하나라도 쓰러뜨릴 수 있다면 죽음이 두려울 게 무엇이 있겠는가?"

다카하라였다. 그는 앞으로 성큼성큼 걸어 나왔다. 그리고 종이쪽지를 들어 보였다. 그런 다음 다시 말했다.

"여기, 희망한다⊗에 동그라미를 치면 됩니까?"

다카하라의 물음에 나카무라는 고개를 끄덕였다. 그러자 다카하라는 돌아서서 비행사들을 향해 말했다.

"나는 열렬히 희망한다, 라고 쓸 것이다! 너희들은 어찌할 것인가?"

그러면서 방금 전 나카무라가 한 것처럼 비행사들을 죽 돌아보았다. 순간, 몇몇 비행사들이 앞으로 나섰다.

"저도 다카하라와 함께 특공에 지원합니다."

"저도 함께하겠습니다. 천황 폐하를 위해 죽는 것이야말로 가문의 영광입니다."

여기저기서 종이쪽지를 들어 보이며 앞으로 나섰다. 내무반에 있는 22명 중 절반 이상은 쪽지를 들어 보이며 웅성댔다. 조안은 지금 무슨 일이 벌어지고 있는지 이해가 되지 않았다. 서로 먼저 죽겠다고 나서고 있는 꼴이 아닌가? 웃어야 할지 울어야 할지 판단이 서지 않았다.

그런데 바로 그때였다. 다카하라가 조안 앞으로 나섰다.

"조안! 너는 왜 가만히 있는 거지? 특공에 지원하지 않을 건가? 모의 전투에서도 최고의 실력을 보였지 않은가?"

다카하라는 천천히 조안을 향해 걸어왔다. 그의 입가에 비웃음이 가득했다. 물론 햇병아리에게 졌다는 게 분해서 더 그런지도 몰랐다. 놈은 함께 비행 훈련을 할 때마다 입버릇처럼 조안에게 햇병아리라고 놀려 대곤 했으니까.

조안은 선 채로 움직이지 않았다. 그가 뭐라고 해도 듣지 않을 생각이었다. 하지만 그러건 말건 다카하라는 더 바짝 다가와 말했다.

"두려운가? 너야말로 천황 폐하의 은덕에 감사해야 하지 않을까? 넌 불과 몇 달 전만 해도 정비병이었지 않나?"

그러면서 다카하라는 조안의 어깨를 툭 쳤다. 조안은 아무런 대꾸도 하지 않았다. 그러자 더 큰 목소리로 외쳤다.

"어서 희망한다, 라고 써라. 아니, 모든 조선인을 대표하여 열렬히 희망한다, 라고 써라! 알겠는가?"

다카하라는 얼굴을 바짝 들이민 채, 눈을 부릅뜨고 조안에게 말했다. 놈의 입에서 역한 냄새가 났고, 그 때문에 조안은 뒤로 물러날 뻔했다. 조안은 한 손의 주먹을 쥔 채 부르르 떨었다.

"왜? 못 하겠나? 비겁한 조센진. 우리 대일본제국이 아니었으면 비행기를 쳐다볼 기회조차 얻지 못했을 것들이……. 어이, 조센진! 잘 봐라."

입정 사납게 말하고, 다카하라는 돌아섰다. 그러고는 비행사들을 바라보며 다시 소리쳤다.

"내가 가장 먼저 특공에 지원하겠다."

그러더니 뜻밖에도 자신의 오른손 약지를 물어뜯었다.

"다카하라! 무슨 짓인가?"

여기저기서 다카하라의 이름을 불렀다. 하지만 다카하라는 멈추지 않았다. 무언가 잘 안 된다는 듯 비명을 지르면서도 자신이 문 손가락을 놓지 않았다. 얼마를 그렇게 물어뜯었을까. 그의 입가에 피가 번지는 게 보였다.

다카하라는 새빨갛게 피에 젖은 손가락으로 종이쪽지의 '망望' 자에 동그라미를 그렸다. 그리고 그 아래 핏물로 자신의 이름을 썼다. 조안은 그 모습을 쳐다보고 온몸을 떨었다. 그러면서 속으로 말했다.

'미쳤어. 모두 미쳤어!'

# 04. 아, 제로센

*

"바카야로!"

비행기에서 내리자마자, 이토 준야가 소리쳤다. 조안은, 그가 매우 화가 나 있다는 것을 단박에 알아차릴 수 있었다. 한마디 내뱉은 욕설 때문만이 아니라, 가까이 다가온 그의 짙은 눈썹이 파르르 떨리고 있었기 때문이다. 게다가 그는 조안이 바로 앞에 이르자 모자를 벗어 땅바닥에 내던졌다. 그러나 조안은 얼굴도 마주치지 않고, 그의 앞을 지나쳐 갔다.

"조안!"

이토 준야의 목소리가 한층 거칠어졌다. 그래도 아랑곳하지 않았다. 조안은 그마저도 무시하고 유도로를 따라 걸었다.

'아니야! 이건 아니야!'

조안은, 예의 그랬듯 반복적으로 중얼거렸다. 불과 30분 전, 비행기째 바다에 처박힐 뻔하다가 가까스로 다시 하늘로 솟아오르는 순간에는 소리를 질렀고, 그보다 30분 전에는 이토 준야가 손짓으로 하강 비행을 명령했을 때도 똑같은 말을 웅얼거렸었다.

아니, 오늘만이 아니었다. 어제도 그랬고, 그제도 그랬다. 정확히 말하자면 닷새 전, 얼결에 특공대 지원서 '망몇' 자에 동그라미를 친 그날 밤부터였다.

그날 조안은, 잠들지 못하고 한동안 몸을 심하게 떨었다. 웅크린 채 내무반 구석에 처박혀 소리 없는 울음을 토해 냈다. '아니야! 이건 아니야!'를 반복하면서.

물론 조안만 그런 건 아니었다. 조안이 밤잠을 설치는 동안, 몇몇은 악몽에 시달리는지 자다가 비명을 질렀고, 또 몇은 내무반 구석에 모여 두런거렸다. 대부분은 낯빛이 어두웠고, 알 수 없는 공포에 떨었다. 이름만 불러도 소스라치게 놀라는 비행사도 있었고, 빈 내무반 구석에 쭈그리고 앉아 흐느끼는 이도 여럿이었다. 몇몇은 그날 이후 며칠째 끼니도 거르더니, 일주일이 안 되어 해쓱해졌다. 그들을 보고도 조안은, '아니야! 이건 아니야!' 하며 중얼거렸다.

하지만 그런 조안을 비웃기라도 하듯, 다카하라와 서너 명의 비행사는 좀 달랐다. 대일본제국의 아라와시가 두려울 게 뭐가 있느냐, 천황 폐하의 은덕을 감사해야 한다, 심지어 명예롭게 죽을 수 있는 기회가 아니냐며 떠들어 댔다.

'너희가 옹졸한 계집애인가, 꽃 파는 게이샤인가? 어째서 사무라이의 후예가 주군을 위한 죽음을 두려워하는가?'

진심인지 누가 시키기라도 한 것인지, 그따위 말을 읊조리는 비행사도 있었다.

조안은 그들이 두려웠다. 그렇게 생각하고 말할 수 있는 다카하라가 점점 더 무서워졌다. 그걸 용기라고 해야 할지 알 수 없었지만, 점점 더 날카롭게 빛나기 시작한 그의 눈빛을 마주 대할 수가 없었다.

결국 조안도 다른 비행사들처럼 악몽을 꾸기 시작했다.

평소에 꾸던 그 꿈속에서 파란 하늘이 붉게 물들기도 했고, 시커먼 바다로 조안이 탄 비행기가 곤두박질치기도 했다. 거대한 물고기 같았던 바다 위 은빛 물결 속에서 정말로 알 수 없는 괴물이 나와 조안의 비행기를 낚아채기도 했다. 아버지가 꾸짖는 소리에 잠이 깨기도 했고, 누나가 하염없이 조안을 부르기도 했다. 고향 방문단이 되어 여의도 비행장에 착륙하는 꿈을 꾸기도 했지만, 그때마다 조안의 비행기는 새카맣게 모여든 사람들 속으로 떨어지곤 했다.

'이건 아니야! 말도 안 돼!'

머릿속까지 흔들리는 느낌이 들 만큼 조안은 거칠게 고개를 저었고 온몸을 떨었다. 비행 훈련을 하다가도, 밥을 먹다가도, 길을 걷다가도.

도무지 하루도, 한순간도 온전한 정신으로 버텨 낼 수가 없었다.

"조아아안!"

아까보다 더 크고 길게, 그리고 날카로운 목소리가 뒤에서 따라 왔다. 하지만 조안은 돌아보지 않았다. 꼭 그래야겠다고 마음먹은 것은 아닌데, 걸음이 멈춰지지 않았고, 몸이 돌아서지 않았다.

조안은 자신을 그대로 두었다. 그러자 걸음은, 어느새 활주로 남동쪽 끝을 향하고 있었다. 활주로 너머에 새파란 수평선 외에 아무것도 보이지 않는다는 사실을 알아차리고 나서야 그것을 눈 치챘다. 아주 가끔, 바다 너머 조선 땅을 바라보고 싶을 때, 다른 사람들 눈을 피해 달려갔던 해안가 절벽, 바로 그곳을 향해서. '내가 지금 어느 쪽으로 가고 있는 거지?'라는 생각이 잠깐 들었 지만, 불어온 바람이 옷깃을 스치듯 하고는 그만이었다. 조안은 그저 걸었다.

그때 다시 한번 이토 준야의 목소리가 들려왔다.

"조아아아안."

그렇게 시작된 목소리는 한참이 지나도 멈추지 않았다. 오히려 더 커지기만 했다. 이상하다 싶어서, 소리에 귀를 기울였다. 뜻밖 에도 그것은 사이렌 소리였다. 이토 준야의 목소리 끝에, 언제 시 작되었는지 모를 사이렌 소리가 묻혀 들어간 것이었다.

사이렌이 연이어 울렸다. 길고 길게, 또 짧게 두 번, 그리고 다시 길게 세 번.

'공습이다!'

조안은 중얼거렸다. 그리고 조금 전까지 아무것도 보이지 않았던 파란 하늘 위에 다섯 개 편대는 돼 보이는 B-29가 눈에 들어왔다.

그런데도 조안은 계속 걸었다. 몸은 움찔거렸지만, 다리만큼은 남의 것 같았다. 으레 그래야 하는 것처럼 걸음은 활주로 끝을 향해 자꾸만 나아갔다. 걸음을 멈춘 건, 시간이 조금 더 지난 뒤였다. 고막을 찢을 듯한 폭발음 때문에 조안은 자신도 모르게 휘청거렸고, 다리가 풀렸다.

마침내 멈춰 서서 돌아보았을 때, 시야에는 살아 움직이는 괴물 같은 불덩이가 먼저 들어왔다. 불덩이는 하늘 높이 치솟아 파란 하늘을 새빨갛게 물들였다가 금세 사그라들었다. 그리고 그 자리에는 곧바로 시커먼 연기가 피어올랐다. 비행 본부 건물 뒤편에서, 연이어 북쪽 활주로와 유도로 한편, 정비 창고 쪽에서도 불길이 치솟았다. 더하여 유도로에 줄지어 서 있던 비행기 몇 대가 산산이 부서지는 게 보였다. 그 잔해가 튀어 와 옆에 떨어졌다.

"으어어어어!"

조안은 자신도 모르게 신음을 뱉어 냈다.

잠시 후, 제로센 몇 대가 황급히 날아오르기 시작했다. 하지만 몇 대는 채 이륙도 하지 못하고 B-29의 폭격을 받아 산산이 부서졌고, 어떤 비행기는 날아오르자마자 검은 연기를 내며 활주로 너머 바다에 처박혔다.

그 모든 장면이 하나의 그림 같았다. 너무나 비현실적이었다. 그럴 수밖에 없었다. 단 한 번도 이런 장면을 상상해 본 적도 없었기 때문이다.

몸이 심하게 떨렸다. 조안은 뒷걸음쳤다. 무섭고 두려웠기 때문에 어디로든 가야 한다고 생각했다. 그래서 나중에는 뒤를 돌아 빠르게 걸었다.

등 뒤 어디에서 조안을 부르는 소리가 들렸다. 다급한 소리였지만, 돌아보지 않았다. 계속 걷기만 했다.

그럴 즈음, 비행기 한 대가 높은 하늘에서 조금 더 아래로 내려와 조안을 향해 정면으로 다가오는 게 보였다. 고도를 바짝 낮추었다 싶었는데, 저 앞에서부터 땅바닥의 흙이 퍽퍽 파이는 게 보였다. 주변에 먼지가 뽀얗게 일었다. 미군기가 기관총을 쏘아 대는 게 분명했다.

"아……."

신음을 뱉어 내고, 조안은 멈춰 섰다. 그리고 비행기가 자신을 향해 날아오는 모습을 가만히 지켜보았다. 한 마리의 새처럼 비행기는 조안을 향해 정면으로 다가오고 있었다.

그런데 바로 그때, 누군가가 조안을 거칠게 밀쳤다. 그 바람에 조안은 유도로 옆 구덩이로 굴러떨어졌고, 그가 서 있던 자리에는 연이어 수십 발의 기관총탄이 파파 팍, 소리를 내며 박혔다. 조금만 늦었어도 총탄은 조안의 온몸을 벌집으로 만들었을 터였다.

구덩이에 나가떨어진 조안은 뒷머리와 등에 극심한 통증을 느꼈다. 그리고 연이어 지독한 어지럼증이 일었다. 파랗기만 한 하늘이 빙글빙글 돌았고, 점차 검어졌다. 조안은 어느 순간, 가무러지고 말았다.

"조안, 정신 차려! 조안! 조안!"

얼마나 시간이 흐른 걸까. 겨우 실눈을 떴는데, 눈앞에 이토 준야의 얼굴이 보였다. 잔뜩 놀라고 상기된 표정이었다. 그런 채로 이토 준야는 끊임없이 조안을 흔들어 댔다.

"이제 정신이 좀 들어? 나를 좀 봐! 내가 누군지 알겠어?"

이토 준야는 이번에는 뺨을 토닥토닥 두드렸다. 그러면서 여러 번 되물었다. 그러나 조안은 아무것도 할 수가 없었다. 아니, 고개라도 끄덕이려고 잠시 몸을 움찔거렸지만, 그러자마자 뒷머리가 부서질 듯 아팠다. 목과 등에서도 짜릿한 통증이 느껴졌다.

'어떻게 된 거죠?'

조안은 그렇게 물었다고 생각했다. 하지만 입술만 조금 움찔거렸을 뿐이었다. 그런 채로 조안은 이토 준야를 빤히 쳐다보았다. 그의 오른쪽 이마가 집게손가락 한 마디쯤 찢어져 있었다. 그곳에서 흐른 피가 눈가로 흘러내려 뺨에 붉은 줄을 만들었다. 비행복

안에 입은 흰색 머플러 한쪽이 붉게 물들어 있었다.

'도대체 무슨 일이…….'

얼결에 자신에게 물었다. 다행히 그러자마자 생각이 떠올랐고, 조안은 가슴이 철렁 내려앉았다.

"조안! 죽고 싶어?"

조금 전의 생각에서 막 돌아왔을 때, 이토 준야가 다시 소리쳤다. 그러나 조안은 이번에도 대꾸하지 않았다.

"조안? 왜 이렇게 정신이 나가 있어? 너 이 상태로 급강하 훈련을 했던 거야? 그래서 바다에 처박히려 했던 거야? 도대체 무슨 짓을 하려는 거야?"

이토 준야가 연신 소리를 질렀다. 아, 이토 준야가 화가 난 게 그 때문이었던 걸까? 조안은 한 시간 전쯤의 일을 기억해 냈다.

일정한 높이를 유지하면서 날다가, 이토 준야의 손짓에 따라 재빨리 수면을 향해 기수부터 곤두박질치는 훈련이었다. 물론 그러다가 적당한 높이에서 머리를 세우고 기체의 수평을 유지한 뒤, 시간을 잘 가늠해 다시 날아올라야 했다.

그러기 위해서는 조종간을 밀어내는 힘을 잘 조절해야 했다. 그렇지 않고 너무 밀어내면 다시 당기기가 힘들고, 다 당기지 못하면 그대로 바다에 빠질 수 있다. 하지만 조안은 일단 하강하기 시작하면 조종간을 최대한 밖으로 밀어냈다. 그러면 비행기는 거의 수직을 유지한 채 아래를 향해 떨어지기 시작했다. 마치 추락이라도 하듯이.

왜 그러는지 자신도 알 수 없었다. 두려움도, 아니 긴장감마저 느끼지 못하고 멍하니 수면을 향해 곤두박질치다가 어느 순간, 자신도 모르게 조종간을 당기곤 했다. 그러다가 어느 때는 비행기의 배 쪽이, 또 한 번은 꼬리 쪽이 바닷물에 스치기도 했다.

"젠장! 정신 안 차릴래? 조금 전에 무슨 일이 있었는지 알아? 죽을 뻔했다고! 너, 왜 그래?"

"……."

대답은 할 수 없었지만, 무슨 일이 있었는지 대강은 짐작이 되었다. 이토 준야의 이마가 찢어진 것도 자신 때문이라고, 조안은 생각했다.

"이제 정신이 들어?"

이토 준야가 다시 물었고, 조안은 대꾸 없이 일어나 앉았다. 그때 다시 사이렌이 울렸다.

"공습 해제다."

이토 준야가 파란 하늘을 보며 일어났다. 조안은 따라서 하늘을 올려다보았다. 꿈에서 본 하늘만큼이나 파란 하늘에는 더 이상 비행기가 보이지 않았다. 다만 사방에서 피어오른 시커먼 연기가 하늘을 절반이나 가리고 있었다.

"조안?"

이토 준야가 선 채로 조안을 내려다보았다. 일어나라는 뜻이라는 생각은 들었지만, 조안은 그를 마주 보기만 했다.

"조안, 두려운가? 하지만······."

그리고 이토 준야는 또 무슨 말인가를 했다. 하지만 그의 목소리는 들리지 않았다. 사이렌 때문만은 아니었다. 갑작스레 머릿속에서 불꽃이 튀듯 격정적인 감정이 일어났다. 그것은 마치 성난 파도와 같아서 도무지 제어할 수가 없었다.

조안은 벌떡 일어나 이토 준야에게 다가갔다. 그리고 멱살을 잡았다.

"알고 있었죠?"

"왜, 왜 이래?"

갑작스러운 행동에 이토 준야는 놀란 듯 보였다. 그에 상관없이 조안은 소리를 더 높였다.

"특공 말이에요. 그래서 나에게 비행기를 타고 싶냐고 물었던 거죠?"

"무슨 소리를 하는 거야?"

"모른 체하지 마세요. 왜죠? 비행병학교에서는 우등 졸업을 했는데도, 조선인이라는 이유로 비행기를 못 타게 하더니, 소모품으로 써야 하니까 허락하신 건가요? 조선인 하나쯤은 쓰고 버려도 무방하니까?"

"그게 아니야!"

이토 준야는 고개를 저으며 말했다. 멱살을 잡은 조안의 손을 뿌리치려고 버둥댔기 때문에 조안의 몸도 함께 흔들렸다. 그러나 조안은 이토 준야의 멱살을 놓지 않았다. 더 힘껏 쥐고 말했다.

"아니긴요. 하긴 나와 함께 추가로 비행사가 된 열한 명 중에는 대만 출신도 셋이나 있죠. 정말 사악하군요. 그게 당신들, 일본인 들의 속셈이었던 거예요. 그래도…… 그래도 소대장님은 믿었는 데."

"조안! 정신 차려!"

"세상에, 자살 특공대라니요? 그럴 수는 없어요. 절대로!"

"조안!"

도리질을 치듯 고개를 가로저으며 조안이 말했고, 이토 준야 가 소리를 높였다. 그리고 동시에 있는 힘을 다해 조안의 손을 밀 어냈다. 조안은 이토 준야의 힘에 밀려 뒤로 물러났다. 그런 채로 잠시 할 말을 잊고 서로 마주 보기만 했다.

잠시 후, 조안은 더 뒤로 물러나 돌아섰다. 그 순간, 가슴 깊은 곳에서 무언가 뜨거운 것이 밀려 올라왔다. 그걸 주체할 수가 없 어서 주먹을 꽉 쥐고, 온몸을 떨었다. 소리를 지르고 싶었지만, 조 안은 자신도 모르게 참아 내고 있었다.

조안은 점점 더 검게 물드는 하늘을 멍하니 쳐다보며 몸을 움 츠렸다. 조금씩 정신은 돌아오고 있었지만, 무엇을 해야 할지 알 수 없었다.

그즈음 이토 준야가 물었다.

"그래서 특공으로 죽느니, 차라리 활주로에서 총을 맞아 죽기로 한 거야? 아직 닥치지 않은 미래 때문에 목숨을 끊겠다고? 이래 죽으나, 저래 죽으나 마찬가지라고 생각한 거야?"

"마찬가지라니요? 설사 내가 전투 중에 미군기의 총에 맞아 죽는다면, 그건 제 의지입니다. 하지만 특공은 제 의지가 아니란 말입니다."

"뭐라고? 조안, 대일본제국의 군대를 모독하는 것인가? 군인답지 않은 말은 삼가라!"

"군대라고 해도, 그 누구도 죽음을 강요할 수 없습니다. 차라리 하찮은 아라와시라서, 아니면 조선인이라서 그랬다고 하십시오. 그게 더 솔직하지 않습니까? 그게 당신들의 진심이라고……."

순간, 이토 준야의 거친 손이 조안의 뺨을 훑고 지나갔다. 조안은 옆으로 물러나며 비틀거렸다.

"빨리 네 자리로 돌아가라. 또 이런 일이 있다면 원칙대로 하겠다. 어서!"

이토 준야는 조안이 몸을 추스르기도 전에 말했다.

조안은 몸을 바로 세우고 심호흡을 했다. 이토 준야를 노려보았다. 하지만 더 이상 어쩌지는 못했다. 조안은 곧장 돌아서서 물었다.

"궁금한 게 있어요. 처음에 왜 나에게 비행기를 탈 기회가 와도 타지 말라고 했죠?"

"……."

"비겁해요. 내가 그 말에 따르지 않으리란 걸 소대장님도 알고 있었어요. 그렇죠? 나를 놀리신 거예요?"

"하……."

조안의 말에 이토 준야는 깊은숨을 내쉬었다. 하지만 당장 뭐라 대꾸하지는 않았다. 고개를 들어 하늘을 쳐다보다가, 고개를 숙였다 다시 쳐들어 조안을 훑어본 다음, 한 번 더 긴 숨을 내쉬고 말했다.

"비행사 보충에 대한 지시는 이전부터 있었어. 그래, 그건 돌아오지 않는 비행사들이 점점 늘어나고 있다는 뜻이었지."

"한 사람이라도 더 살리고 싶었다는 말을 하고 싶은 거예요? 그럼 끝까지 말렸어야죠."

"조안, 나는 군인이고, 군인으로서 의무가 있어."

"그뿐인가요?"

"지금 우리 일본군에는, 그 어느 때보다 뛰어난 조종사가 필요해. 난 네가 훌륭한 조종사가 될 거라는 믿음이 있었어. 전에도 말했지만, 네가 제로센을 정말 좋아하고 있다는 걸 알고 있었으니까. 완벽한 정비는 그 비행기에 대한 애정에서 출발한다는 것을 나는 잘 알고 있지. 기름칠을 할 때도, 나사를 하나 조일 때도 아끼는 마음이 없으면 기계적으로 하게 되지. 하지만 수만 개의 부품으로 만들어진 비행기는 섬세한 정성이 필요하지. 그 수만 개의 부품 가운데 하나라도 잘못되면 비행기는 하늘에서 제 기능을 다 하지 못해. 그런 비행기로 적과 싸운다는 건 아주 위험한 일이야……."

솔직히 이토 준야의 말은 좀 지루했다. 조금 전까지 군인이라고 외치더니, 비행병학교에서 월요일마다 전교생을 모아 놓고 훈시를 하던 교장 선생님처럼 따분하게 말했다. 그래서 조안은 잠시 그에게서 시선을 떼었다. 그런 중에도 이토 준야는 말을 더 보탰다.

"네가 정비를 하고 난 비행기를 타면, 프로펠러 소리부터 경쾌하게 들렸어. 그리고 그 비행기는 내가 원하는 대로, 원하는 만큼 움직여 주었지."

조안은 그의 말이 잠시 끊어질 때를 기다려, 다시 그를 바라보면서 말했다.

"제로센 때문이에요."

"뭐?"

"그것만 없었더라도, 여의도에서 그 비행기를 보지만 않았어도 나는 여기에 오지도 않았을 거고, 이렇게 구덩이 속에 처박히지도 않았겠지요."

그게 솔직한 심정이었다. 비행사의 첫 꿈을 꾸게 한 것이 제로센이었으므로.

소학교 졸업반이던 그해 이른 봄, 일본인 선생님이 사진을 한

장 보여 주며 비행기 그림을 그리게 했다. '자, 보아라! 이 비행기가 우리 대일본제국의 비행기다. 전 세계를 주름잡으며 어디든 날고 있지. 세상 어디든 못 가는 곳이 없단다. 한번 그려 봐. 너희들 꿈을 담아서 말이야'라는 말과 함께. 물론 그게 제로센이라는 걸 그때는 알지 못했다. 아무런 느낌 없이 시키는 대로만 했다. 그런데 그림을 다 그리고 나자 글라이더를 만들게 했고, 가장 멋지게 나는 글라이더를 만든 아이에게는 상을 준다고 했다.

손재주가 좋은 조안은 선생님이 시키는 대로 꼼꼼하게 만들었고, 그것을 학교 뒤편 언덕에 가서 날렸다. 선생님과 많은 아이들이 지켜보는 가운데, 유독 조안이 만든 글라이더가 더 높이, 더 멀리, 더 오래 날았다. 그 작은 비행기가 가슴에 들어왔다. 파란 하늘 높이 치솟았다가 곡선을 그리며 저 멀리 날아가던 글라이더는, 어느 순간 제로센이 되어 땅에 떨어졌다가 다시 날아올랐다.

상상하는 그 하늘 위에서, 그리고 마음속에서 비행기는 멈출 줄을 모르고 아주 오래 날았다. 선생님 말대로 어디든 갔다. 그 비행기를 몰고 산과 바다 위를 누비는 자신을 생각하니, 더없이 즐거웠다.

그때부터 자주 하늘을 올려다보았고, 여의도 비행장으로 달려가기도 했다. 시내를 돌아다니다가 본 비행사 모집 광고지를 찢어 주머니에 넣었다. 그러면서 다짐했다. 언젠가는 저 비행기를 반드시 타야겠다고.

그리고 정말 그 기회가 다가왔다.

오카모토의 말대로 제로센을 탈 거라는 소문은 사실이었다. 특공대 지원서에 서명하던 바로 다음 날부터 제로센을 타고 비행 훈련을 받았다. 그런데 뜻밖에도 그 비행기는 케이스케가 타던 것이었다. 케이스케가 그날 폭격기를 몰고 나가는 바람에 그의 비행기가 고스란히 남았던 것이다.

'조안, 정비는 내가 해 줄 테니 걱정하지 마. 내가 이 녀석은 창자 속까지 훤히 알고 있으니까. 케이스케를 대신해서 마음껏 하늘을 날아 주면 돼. 알았지?'

첫 단독 비행을 하던 날, 가츠무라가 직접 안전띠까지 채워 주며 말했다. 조안은 미소를 지으며 고개를 끄덕였다.

물론 더 좋아했어야 했다. 꼭 케이스케의 몫까지 다 하겠노라고 말했어야 했다. 눈물이라도 흘리는 게 맞았을 거였다. 그러나 더 이상은 어쩔 수가 없었다. 제로센에 올라 조종석에 앉는 순간, 연합군의 함선에 무작정 달려드는 자신의 모습이 언뜻 떠올라 도리어 몸을 떨었다. 지켜보고 있는 가츠무라에게는 아닌 척했지만, 당장 뛰어내리고 싶은 생각마저 들었다.

그러나 조안은 우선, 진심을 다해 고맙다고 말했다. 고개를 끄덕이며, 가츠무라가 내민 손을 꼭 잡았다. 그의 손은 아주 거칠었지만 따뜻했다.

그런 생각에서 좀처럼 헤어 나오지 못하고 있을 때, 이토 준야는 한참 동안 조안을 쳐다보았다.

고개를 돌린 건, 저편에서 누군가 달려오는 모습이 보였을 즈음이었다. 한참을 쳐다보니 오카모토였다. 그는 뭐라 외치며 손을 흔들었다. 그게 자신의 이름이라는 걸, 조안은 그가 가까이 다가오고서야 알 수 있었다.

"헉헉! 조, 조안! 가츠무라 중사님이 너를 찾고 있어. 시간이 없어, 서둘러."

오카모토는 숨이 넘어갈 듯 헐떡이면서 말했다. 그 말에 조안은 무슨 일이야, 하는 표정으로 오카모토를 쳐다보았다.

"가츠무라 중사님이 폭격에 부상을 입었어. 위독해."

그 말에 정신이 번쩍 들었다. 조안은 반사적으로 내달렸다.

하지만 뛰는 것도 쉽지 않았다. 군데군데 폭격 맞은 자리가 움푹 패여 있었고, 흙더미가 솟아 있는 데다가 쓰러진 나무들이 앞을 가로막았다. 어디선가 굴러온 돌멩이가 발에 채이고, 급기야 서너 번 넘어질 뻔했다. 기어코 정비 창고 앞에서는 도무지 믿을 수 없는 광경에 걸음을 멈추고 말았다. 발 앞에 비행기의 프로펠러가 찌그러진 채 뒹굴고 있었기 때문이다. 한눈에 봐도 제로센의 프로펠러였다. 그 옆에는 연습기의 한쪽 날개가 통째로 뜯긴 채 땅에 박혀 있었다. 저편에는 비행기 바퀴 하나가 활주로 끝으로 한없이 굴러가고 있는 모습이 보였다.

아…….

그제야 고개를 돌려 활주로 쪽을 쳐다보았다. 줄지어 서 있던 비행기들이 절반은 보이지 않았고, 어느 비행기에선가 시커먼 연기가 치솟아 오르고 있었다. 돌아보니 정비 창고는 절반이 온데간데없이 사라졌고, 한편에서는 여전히 시뻘건 불길이 솟아오르고 있었다.

뿐만이 아니었다. 활주로를 지나자마자 여기저기서 비명 소리가 들려왔다. 그 소리를 듣는 순간, 조안은 다시 뛰기 시작했다. 반쯤 부서진 비행 본부 건물 뒤로 돌아 의무 병동으로 내달았다.

그 앞에 다다르자 비명 소리는 더 크게 들렸고, 병사들이 들것으로 부상병들을 안으로 실어 날랐다. 병동 복도에는 피 칠갑을 한 병사들이 여기저기 널브러져 신음을 내지르고 있었다. 오카모토가 끌어당기는 바람에 그들을 하나하나 돌아볼 여유는 없었지만, 말 그대로 아비규환이었다. 피 냄새 때문에 숨을 제대로 쉴 수가 없었다.

"제발 살려 줘!"

"다, 다리, 내 다리가…… 없어."

"그냥 죽여! 나를 죽이라고!"

달아나듯 그 옆을 지나쳤지만, 소리가 따라와 귓속을 파고들었다. 오카모토는 오가는 사람들 사이를 헤치고 몇 개의 병실을 지나 복도 끝 오른쪽 병실 안으로 들어갔다. 그러더니 창 쪽 병상 앞에 섰다.

조안은 침대에 누워 있는 사람이 누구인지 알 길이 없었다. 얼굴 절반을 붕대로 감았고, 그 붕대마저 붉게 물들어 있었다. 아니, 얼굴만이 아니라 상의가 벗겨진 채 가슴 전체가 붕대에 쌓여 있었다. 물론 그 붕대 또한 절반이 새빨갰다. 오른쪽 다리는 붕대를 감을 틈마저 없었던지, 찢어진 작업복이 핏물에 배어 있는 게 보였다.

"가츠무라 중사님! 조안을 데리고 왔어요. 정신 좀 차려 봐요."

오카모토가 누워 있는 환자를 향해 말했다. 그러나 조안은, 그가 말이나 제대로 할 수 있는 상태인지 의심스러웠다. 아니, 의식이 있는지조차 가늠하기 어려웠다. 그 때문에 조안은 그 앞에서 무엇을 해야 할지 몰라 머뭇거리기만 했다.

설마 이 사람이 가츠무라라고? 믿고 싶지 않았다. 하지만 몸을 덮어 놓은 가운 밖으로 비어져 나온 그의 손을 확인한 순간, 조안은 그가 가츠무라임을 확신했다. 거뭇하고 힘줄이 도드라져 있는 뭉툭한 손. 그 손으로 가츠무라는 조안이 칭다오에 배치받은 날부터 정비의 모든 것을 가르쳐 주었다. 조안은 그의 손을 빌려 제로센을 분해했고, 다시 조립했다. 그의 손끝이 닿은 비행기는 죽었다가도 살아났고, 조안은 그 마법을 배우고 익혔다. 때로는 그 손으로 조안의 등을 토닥여 주기도 했다.

"가, 가츠무라……."

조안은 가츠무라의 피 묻은 손을 잡았다. 그의 손은 차가웠고,

힘이 들어가 있지 않았다. 조안은 다시 한번 그의 이름을 부르며 손에 힘을 주었다. 그래도 가츠무라는 반응이 없었다.

"정신을 잃은 것 같아."

오카모토가 낮은 목소리로 말했다. 그 말을 듣는 순간, 조안은 불현듯 나쁜 생각이 들었다. 그래서 그의 가슴 위를 쳐다보았다. 과연 아무런 움직임이 없었다. 조안은 재빨리 무릎을 꿇고 허리를 편 채, 그의 코에 귀를 댔다. 다행히 숨결이 희미하게 느껴졌다.

그러자 이번에는 왠지 모를 조급함이 들었다.

"가츠무라 중사님! 조안이에요. 가츠무라! 내 말 들을 수 있어요?"

"……."

"가츠무라! 제발 눈 좀 떠 봐요! 가츠무라!"

거듭 그의 이름을 불렀지만, 가츠무라는 조금도 움직임이 없었다. 조안은 무릎을 꿇은 채 침대 한쪽 모서리에 머리를 댔다. 그리고 입속으로 무던히도 그의 이름을 불러 댔다. 가츠무라, 가츠무라……. 한동안 멈추려고 해도 멈춰지지 않았다.

그런데 얼마나 시간이 지났을까? 무릎이 아파 올 즈음, 조안이 마주 잡은 가츠무라의 손이 살짝 움직이는 게 느껴졌다. 순간 조안은 고개를 들어 가츠무라의 얼굴을 쳐다보았다. 그때였다. 가츠무라의 입술이 조금 움찔했다.

"가츠무라 중사님!"

조안은 자신도 모르게 소리를 높였다. 그리고 그의 얼굴을 쳐다보았다. 눈썹이 조금씩 떨렸고, 입술이 다시 한번 움직였다.

"말해요, 가츠무라. 할 수 있어요. 어서요."

그렇지 않아도 가츠무라가 무슨 말을 하려고 무던히 애를 쓰고 있음을 조안은 알 수 있었다. 물론 입술을 조금 움찔거리는 것조차 힘들어하는 것도. 그래서 조안은 더 뭐라 재촉할 수가 없었다. 그저 가츠무라가 온 힘을 다해서 한 번이라도 무슨 말을 해주었으면 하는 바람뿐이었다. 그게 어떤 말이라도…….

잠시 후, 다시 한번 가츠무라는 입술을 움찔거렸고, 마침내 희미한 한 마디가 그의 입에서 새어 나왔다.

"살아……. 꼭 살아서……."

그뿐이었다. 혹시나 해서 조금 더 기다렸지만, 가츠무라는 처음의 상태로 되돌아갔다.

"가츠무라!"

그의 이름을 다시 소리쳐 불렀다. 그러자 가츠무라의 몸이 움찔대는가 싶었는데 기침을 하듯 몸을 들썩였다. 그러더니 잠깐 사이 온몸을 심하게 떨었다. 그 바람에 마주 잡고 있던 그의 손이 조안의 손에서 미끄러져 빠져나갔다.

"가츠무라! 왜 그래요? 가츠무라! ……여기요, 위생병!"

깜짝 놀란 오카모토가 침상 사이를 오가는 위생병을 향해 외쳤다.

뒤편에 있던 의무 장교가 오카모토를 밀치고 가츠무라 앞에 섰다. 의무 장교는 재빨리 가츠무라의 눈을 까뒤집어 보고, 청진기로 가슴을 짚어 댔다. 그러더니 입구 쪽을 향해 소리를 질렀다.

"오카! 오카 상병 어딨어? 이 환자 호흡 곤란이다. 산소통 가져와, 어서. 그리고 거기 둘, 밖으로 나가!"

의무 장교는 조안과 오카모토를 쳐다보더니 신경질적으로 말했다. 얼결에 가만히 서 있자, 의무 장교는 한 번 더 소리를 질렀다.

"나가라는 말 못 들었어? 어서 썩 꺼지라고, 이 햇병아리 아라와시들아! 어서!"

"소좌님, 가츠무라 중사는 괜찮습니까? 죽는 거 아니죠?"

조안은 급한 마음에 물었다. 그러나 의무 장교는 대답도 없이 병사 하나가 가지고 온 산소통을 침대 옆에 내려놓고 산소 호흡기를 가츠무라의 입에 댔다.

조안은, 오카모토가 끌어당기는 바람에 뒤로 조금 더 물러났다. 하지만 문을 나설 때까지도 가츠무라 쪽에서 시선을 뗄 수가 없었다. 조안은 주먹을 꽉 쥐었다. 주먹이 끈적거렸다. 얼결에 손바닥을 펴서 내려다보았다. 가츠무라의 손에서 묻은 피가 손바닥에 붉게 배어 있었다.

*

해가 저물도록 내무반 한쪽 구석에 쪼그리고 앉아 넋을 잃은 채 시간을 보냈다. 밤이 이슥하도록 채워지지 않는 침상의 빈자리를 보면서 더더욱 정신을 차릴 수가 없었다. 누군가 한쪽 구석에서 흐느꼈고, 또 누구는 조안처럼 멍하니 벽만 한없이 바라보곤 했다. 조안은 그렇게 하룻밤을 보냈다.

설핏 잠이 들기도 했지만, 그럴 때마다 악몽을 꾸고 제풀에 놀라 잠에서 깼다. 꿈속에서 다시 한번 비행장이 폭격을 받았고, 직접 눈으로 본 것보다 더 큰 불길이 일어났다. 치솟아 오르는 불길 속에서 수많은 병사가 아우성을 쳤고, 피 칠갑을 한 가츠무라가 비틀거리며 튀어나왔다. 그래서 깼다가 다시 잠이 들었을 때는 제로센을 탄 케이스케가 비행기와 함께 바다를 향해 고꾸라졌다. 다시 정신을 차렸다가 정신을 잃었을 때, 마침내 조안은 비행기를 탔고, 낯모를 마을에 폭탄을 쏟아붓고 있었다. 불꽃놀이처럼 쉴 새 없이 불기둥이 치솟았다. 그런데 그 불기둥 속에 가츠무라가 있었고, 케이스케와 아버지와 엄마와 누나가 있었다.

헉!

식은땀이 흥건했고, 눈앞에서 별이 반짝거렸다.

그러기를 여러 차례 반복했을 때, 창밖이 희뿌옇게 밝아 왔다. 그걸 깨달았을 즈음, 연락병이 뛰어 들어와 큰 소리로 외쳤다.

"12편대, 13편대, 14편대! 전투 이륙 태세 완비하고, 06시 45분까지 활주로 관제탑 앞으로 집결할 것!"

그리고 이어서 연락병은 또 뭐라고 떠들어 댔다. 아마 이름을 부르는 것 같았다. 하지만 조안의 귀에는 아무것도 들어오지 않았다.

물론 그 말을 듣고도 조안은 침상에서 일어나지 않았다. 온몸에 기운이 하나도 없었다.

그때 오카모토가 다가와 조안의 몸을 흔들어 댔다.

"조안! 정신 차려! 괜찮은 거지? 네 이름도 불렀어."

그 말에 조안은 오카모토를 똑바로 쳐다보았다. 그러자 오카모토가 말했다.

"출격해야 한대! 어서 비행복으로 갈아입어."

그러면서 오카모토는 조안의 몸을 한 번 더 흔들어 댔다. 그제야 조안은 조금이나마 정신을 가다듬을 수 있었다.

조안은 돌덩이 같은 몸을 억지로 일으키고 비행복으로 갈아입었다.

"어서!"

오카모토가 조안의 등을 밀었다. 조안은 떼밀리듯 뛰었다. 밖으로 나왔을 때, 동편 언덕 쪽에서 밝은 빛이 올라오고 있었다.

"대본영으로부터 긴급 명령이 떨어졌다. 금일 08시 정각에 일제히 이륙하여 본토 기지에서 대만으로 향하는 폭격기를 호위한다."

비행사들이 관제탑 아래에 줄을 맞춰 서자, 기다렸다는 듯이 비행대장이 말했다. 그의 말에 크게 웅성대지는 않았지만, 비행사들은 양옆과 앞뒤를 두리번거렸다.

그런 것마저 예상했는지, 비행대장은 곧바로 말을 이었다.

"최근 보름에 걸쳐 만주와 칭다오, 제주를 비롯한 곳곳의 일본 군 비행장이 폭격을 받은 것으로 확인되었다. 이에 대본영에서는 미군 항모에 대대적인 폭격을 감행하기로 결정하였다. 곧 본토와 제주에서 출격한 폭격기가 칭다오 남쪽 160킬로미터 해상을 통과해 이동할 것이다. 우리는 이들 폭격기의 호위를 맡을 것이다."

그 말에 비행사들은 마침내 웅성거리기 시작했다.

"설마 특공은 아니겠지?"

"무슨 말이야? 특공을 할 때는 폭탄을 잔뜩 싣는다던데, 우리 비행장에 그만한 폭탄이 어디에 있다고? 그리고 방금 비행대장 이 말했잖아. 우리는 호위만 한다고!"

"그럼 그루망이랑 싸우는 건가? 제로센이 그루망을 이길 수 있 나? 새로 만든 그루망은 우리 총알에 뚫리지도 않는다며?"

있는 소리, 없는 소리 해 대며 비행사들은 쑤군댔다.

그런 중에도 다카하라는 허세를 부렸다.

"뭘 겁을 먹고 그래? 지난번에도 호위 비행은 했잖아. 그루망도 만났었고."

"그래도……. 저번에는 미군 기지에서 멀리 떨어진 곳이라 미군기가 몇 대 되지 않았지만, 이번에는 호랑이굴 안으로 들어가는 일이란 말이야."

"흥! 올 테면 오라고 해! 미군 놈들, 한 방에 떨어뜨려 줄 테다."

오카모토가 중간에 나섰지만, 다카하라는 주먹을 쥐며 말했다.

그때 이토 준야의 목소리가 크게 울렸다.

"11편대, 12편대 탑승 준비하라!"

*

이륙한 지 채 30분도 되지 않아, 남동쪽에서 수많은 비행기가 나타났다. 일본군 폭격기였다. 못해도 오십 대는 넘어 보였다. 곧 칭다오 비행장에서 이륙한 해군비행대 출신 비행사들로 이루어진 7편대가 앞으로 나섰고, 나머지는 양옆으로 늘어섰다. 비행병학교 출신의 비행사들은 폭격기의 뒤쪽을 따랐다.

그것만 보았는데도, 조금 전까지는 느껴지지 않던 긴장감이 솟아올랐다.

잠시 후, 이토 준야의 비행기가 앞으로 나아가며 신호를 보냈다. 그와 함께 몇 대의 비행기가 아래쪽으로 내려갔고, 조안은 오카모토와 함께 폭격기의 위쪽으로 솟아올랐다. 그런 다음 폭격기의 속도에 맞추고 사방을 돌아보았다.

장관이었다. 파란 바다를 배경으로 다이아몬드 모양을 만들며 날아가는 새까만 폭격기의 모습은 거대한 동물이 움직이는 것처럼 보였다.

그런 생각이 들자마자 조안은 자신의 상상 속에서 늘 떠돌던 물속의 거대한 물고기가 떠올랐다.

아!

조안은 자신도 모르게 탄성을 질렀다. 그러면서 동시에 고개를 저었다. 아니야, 라고 중얼거렸다. 그럼에도 몸이 떨렸다. 햇살이 들이비치고, 좁은 조종석 안이 금방 더워졌는데도, 몸은 떨리기만 했다. 곧 저 비행기들은 폭탄을 쏟아 낼 테고, 그 아래의 땅에서, 또는 배 위에서 낯모르는 수많은 사람이 어제처럼…….

그런 생각이 들자마자 몸이 떨려 왔다. 그러는 바람에 비행기 몸체가 살짝 흔들렸다. 조안은 깜짝 놀라 조종간을 바로잡았다.

그런데 얼마를 날았을까?

맨 앞에서 비행하던 비행기가 높이 솟아올랐다. 그리고 날개를 좌우로 흔들며 신호를 보냈다.

'적기다!'

조안은 자신도 모르게 중얼거렸다. 그러면서 동시에 호위 편대보다 조금 더 고도를 높인 채 비행하고 있는 이토 준야의 비행기를 쳐다보았다.

이토 준야는 기다렸다는 듯이 오른손을 들어 다섯 손가락을 편 채, 세 번 주먹을 쥐고 한 번 흔들어 보였다. 그리고 집게손가락만 펴서 큰 원을 두어 번 그렸다. 그건 폭격기 본대로부터 이탈해 바깥쪽으로 흩어지라는 신호였다. 말하자면 적기가 본대에 접근하기 전에 방어하라는 뜻이기도 했다.

'이제 곧 전투가 벌어질 거야.'

자신도 모르게 뱉어 낸 말에 조안은 입안이 바싹 마르는 듯했다. 일단 조안은 편대와 함께 속도를 늦추었다. 그리고 곁에 늘어섰던 비행기들과의 간격도 넓혔다. 그런 채로 사방을 두리번거리며 비행을 계속했다.

잠시 후, 편대 왼쪽을 날던 비행기 대여섯 대가 더 왼쪽으로 급히 방향을 틀었다. 소라모토와 키미조라가 그 속에 섞여 있었다. 이어 다른 비행기들이 뒤따랐다. 그 비행기들 너머로 미군기 예닐곱 대가 보였다. 아니, 보였는가 싶었는데 그쪽에서 불빛이 연속해서 반짝였다. 기관총을 쏘아 대고 있는 거였다. 동시에 저편 앞의 일본군 비행기 한 대가 연기를 내며 옆으로 비켜 나갔고, 다른 비행기들은 사방으로 흩어졌다.

이어 더 많은 미군기가 나타났다. 그리고 그걸 확인하는 순간, 일본군 폭격기 본대의 비행기들이 하나씩 연기를 내며 떨어지는 게 보였다.

조안은 잠깐 그 모습을 쳐다보면서 침을 꿀꺽 삼켰다. 하지만 더 그러고 있을 시간이 없었다. 어디선가 불꽃 같은 총탄이 연이어 날아왔고, 그 불꽃들은 비행기의 앞을, 그리고 옆을 수도 없이 스쳐 지나갔다.

조안도 일단 방향을 틀어 왼쪽으로, 다시 위쪽으로 솟아올랐다. 그리고 두리번거리다가 더 왼쪽으로 기수를 틀어 구름 속으로 들어갔다. 순간 돌아보니 미군기 두 대가 조안의 뒤를 쫓아오는 게 보였다. 그걸 확인하자마자 숨이 탁 막혔다.

'왜 나를……?'

얼결에 자신에게 그렇게 묻고 말았다. 하지만 그런 중에도 총 쏘는 소리가 들렸고, 하늘 어느 한쪽에서는 어느 편인지 알 수 없는 비행기가 폭발했다. 검은 연기가 곳곳에서 솟아올랐고, 연기가 굵은 선을 그리며 바다로 떨어지기도 했다.

짙은 구름 안쪽으로 더 깊이 들어왔다고 생각했을 즈음, 조종석 앞유리에 금세 물방울이 맺혔다. 빗물을 잔뜩 머금고 있는 구름이었다. 그 탓에 조금 먼 앞쪽은 아무것도 보이지 않았다. 조안은 재빨리 조종간을 당겨 급상승했다. 그러면서 뒤를 돌아보았다. 쫓아오던 미군기 두 대는 구름 때문인지 보이지 않았다.

조안은 재빨리 속도를 떨어뜨린 다음, 이번에는 아래쪽을 향해 하강했다. 그러자 잠깐 사이, 비행기 두 대가 양옆으로 휙 지나쳐 갔다. 틀림없이 미군기였다. 조안은 그걸 보자마자 조종간을 다시 잡아당겼다. 그러자 비행기가 큰 원을 그리면서 선회했고, 곧 배면 비행 자세로 바뀌었다. 그런 채로 내려다보았을 때, 미군기 두 대가 아래쪽으로 나란히 날아가는 게 보였다. 이때다 싶었다. 조안은 비행기 몸체를 바로잡고 속도를 높였다. 그리고 빠르게 두 대의 비행기를 따라잡았다.

이제 미군기 두 대는 조안의 저 멀리 발치 아래에 있는 꼴이 되었다. 조안은 기관총 손잡이에 손을 얹고 잠시 머뭇거렸다.

'어떻게 해야 할까?'

순간, 가츠무라의 얼굴이 떠올랐다. 의무 병동 복도에 나뒹굴며 소리 지르던 병사들의 얼굴도 생각났다. 그러자마자 자신도 모르게 어금니가 꽉 깨물어졌다. 조안은 반사적으로 기관총의 손잡이를 잡았다.

하지만 그때, 또 다른 미군기가 아래쪽에서 나타났다. 그리고 그걸 깨달았을 때, 오른쪽 날개 끝에서 불꽃이 튀는 게 보였다. 미군이 쏜 총탄이 스쳐 지나간 모양이었다. 조안은 깜짝 놀라 기관총에서 손을 뗐다. 그리고 구름 속을 빠르게 날았다.

구름이 옅어졌을 때, 얼른 내려다보니 미군기 두 대가 나란히 뒤편 아래쪽에 있었다. 그걸 보고 조안은 다시 기체를 아래로 떨어뜨렸다. 그리고 어느 즈음에서 속도를 급히 끌어올리며 배면 비행을 했다. 속도가 최고점에 이르렀을 때 눈을 부릅뜨고 보니, 어느새 미군기 두 대와 마주 선 꼴이 되었다.

그때쯤, 미군기도 조안의 비행기를 발견한 듯했다. 조안은 재빨리 날개를 바람개비처럼 회전시키며, 두 대의 미군기 사이를 빠져나갔다. 순간적으로 미군기의 기체가 크게 흔들리는 게 보였고,

잠시 후 쿠쿵 하는 소리가 들렸다. 얼른 기수를 돌려 살펴보니, 두 대의 비행기가 저희끼리 부딪치더니 양쪽으로 튕겨져 나가는 게 보였다.

조안은 구름에서 완전히 빠져나왔다.

그런데 바로 그때였다. 시야가 탁 트였나 싶었는데 바로 눈앞에 제로센 한 대가 훅 지나갔고, 연이어 그 뒤를 쫓는 미군기 두 대가 보였다. 그 비행기의 양 날개에서는 기관총이 연이어 불을 뿜고 있었다. 곧 미군기의 옆면이 조안의 시야에 들어왔다.

조안은 반사적으로 기관총 손잡이를 다시 잡았다. 하지만 그러자마자 잠깐 사이 수많은 생각이 오갔다. 그 때문에 또 머뭇거리고 말았다. 그런 중에도 조안의 비행기는 미군기 쪽으로 더 가깝게 날았고, 그 덕분에 미군 조종사의 옆모습도 얼핏 보인 듯했다.

그런데 왜일까? 한 번 더 가츠무라의 얼굴이 스쳐 지나갔다. 이번에는 그의 목소리까지 되살아났다.

살아. 살아야 해.

조안은 기관총의 손잡이를 꾹 움켜잡았다. 조금 더 힘을 주면 총탄이 쏟아져 나갈 것이었다. 그런데 웬일인지 무언가 걸린 듯 손잡이는 유연하게 움직이지 않았다. 조안은 조금 더 힘을 줘 보았다. 마찬가지였다.

바로 그때였다. 머리 위쪽에서 수없이 많은 불꽃이 이쪽을 향해 쏟아졌다. 또 다른 미군기가 조안을 향해 기관총 사격을 하고 있었다.

조안은 재빨리 기수를 아래로 내렸다. 그리고 그때쯤, 기관총을 쏘던 미군기에서 연기가 풀썩 일어났다. 돌아보니, 그 뒤편에서 제로센 한 대가 적기를 향해 집중 사격을 하고 있었다. 조안은 기체를 돌려 제로센 옆을 지나쳤다. 소라모토가 엄지손가락을 들어 보이고 지나쳐 갔다.

하지만 동시에 미군기에게 쫓기던 제로센 한 대가 나사처럼 뱅글뱅글 돌면서 바다로 떨어져 내렸다. 아니, 그뿐이 아니었다. 오른쪽에서, 그리고 왼쪽과 저 멀리에서 일본군 비행기들이 맥없이 떨어져 내리는 게 보였다. 그 사이사이에서 미군기도 함께 바다로 추락했다. 그러나 무엇보다 더 끔찍한 건 이미 대오가 흐트러진 일본군 폭격기들이 시커먼 연기를 내면서 수도 없이 바다를 향해 곤두박질치고 있는 광경이었다.

# 05. 떠난 자의 목소리

*

'난 다만 하늘을 날고 싶었고, 비행술이 뛰어난 비행사가 되고 싶었어. 그리고 내 비행기를 몰고 고향으로 돌아가는 꿈을 꾸었을 뿐이야.'

조안은 자신도 모르게 말했다. 하지만 입 밖으로 차마 내뱉지 못하고 입만 움찔거렸다. 그런데 그 마음을 알기라도 하듯 누군가 대답했다.

조안, 나도 미군기와 싸우고, 서로를 죽이지 못해 안달하는 게 정말 믿기지 않아요. 남의 일 같아요. 조안은 조선인이니까 더 그럴지도 모른다는 생각이 들어요. 그렇죠?

케이스케였다. 조안은 깜짝 놀라 두리번거렸다. 그러나 아무도 없었다. 비행사 대기실 안은 조금은 이르게 찾아왔다 싶은 땅거미가 구석구석에 들어서 있었다. 그 바람에 한쪽 벽에 걸려 있는 위패들 위에도 조금씩 검은 그림자가 내려앉고 있었다.

혹시나 해서 창밖을 내다보았지만, 빗줄기가 쏟아지고 있는 바깥에서 그 목소리가 들려올 리 없었다.

조안은 머리를 흔들었다. 그러면서 또 중얼거렸다.

'비행기를 타지 않아도 괜찮아요. 물론 아직도 미련이 없지는 않지만요. 나이까지 속여 가면서 여기에 왔는데……. 아라와시가 되는 일이, 이렇게 전쟁터에 끌려오고, 또 그걸 타고 누군가를 죽이는 일이 될지 몰랐거든요. 맞아요. 난 어리석었어요.'

그러자 이번에는 가츠무라의 대답이 들려왔다.

조안, 나도 그랬어. 그래서 지금은 하루빨리 전쟁이 끝나고 집으로 돌아가고 싶어. 그래도 우리는 정비병이니까 직접 누군가의 머리에 총구를 겨눌 일은 없으니까 그나마 다행이야.

네, 라고 대답한 뒤 조안은 뒤를 돌아보았다. 여전히 그의 모습은 보이지 않았다.

조안은 문득 겁이 났다. 다시는 돌아올 수 없는 사람들의 목소리를 듣고 있다는 생각에 조금은 무서워졌다. 그래서 자신도 모르게 뒷걸음을 쳤다. 더 어두워지기 전에 내무반으로 돌아가야겠다는 생각이 들었다.

조안은 걸음을 옮겼다. 하지만 수십 개의 위패가 걸려 있는 한쪽 벽을 지나다가 말고 조안은 다시 멈추었다. 잠깐 동안 위패를 바라보았다.

조안이 처음 칭다오에 왔을 때만 해도 위패는 고작 예닐곱 개에 지나지 않았다. 하지만 위패는 어느새 한쪽 벽을 가득 채우고 있었다. 그 때문에 비행사 대기실은 원래의 역할을 하지 못하고 신사神社처럼 쓰였다. 그래서 더 을씨년스러운지도 몰랐다. 밖에는 이틀째 장대비가 내리고 있는 데다가 저녁 시간이 가까워져 오기 때문에 더 그럴 테지만.

조안은 천천히 걸어가 나란히 걸려 있는 가츠무라와 케이스케의 위패에 시선을 던졌다. 하지만 곧 돌아섰다. 또 그들이 뭐라고 말할지 모른다는 생각이 들어서였다. 하지만 그보다 빨리 누군가의 목소리가 들려왔다.

여전히 겁먹고 있나, 조안? 그게 바로 너의 문제야. 너는 군인이고 지금은 전쟁 중이야. 우리 동료들이 다 죽었어. 너도 봤잖아. 미군의 폭격으로 누구는 팔다리가 끊어지고, 또 누구는 머리가 부서졌어. 그런데 넌 뭘 했지? 네가 좋아하던 가츠무라도 케이스케도 저들에게 죽었다고. 적개심은 다 어디로 갔지? 넌 조선인이라서 그런 건가? 아, 그래서 나를 죽게 내버려 둔 거야?

뜻밖에도 다카하라의 단짝이던 키미조라의 목소리였다. 순간, 조안은 소리쳤다.

"아니야! 아니라고! 그때, 기관총이 말을 듣지 않았어. 난 아무

것도 할 수 없었단 말이야! 그때 나는 무수히 날아오는 미군기의
총탄을 피하느라……."

자신도 모르게 내뱉은 말이 비행사 대기실 안을 울렸다.

그때는 정말로 어찌해야 할지 알 수 없었다. 여기저기서 비행기
가 떨어져 내리는 걸 보는 순간, 눈을 질끈 감았고 다짜고짜 하늘
로 치솟아 올랐다. 그러다 어느 순간 기체가 심하게 흔들렸고, 퍼
뜩 정신을 차렸다. 재빨리 기체를 바로 세우려 했지만, 비행기가
말을 듣지 않았다. 고도계와 방향계, 연료 계기판 할 것 없이 모
든 기계 장치에 달린 바늘이 마구 돌아갔다. 그러는가 싶더니 비
행기는 아래로 맥없이 떨어지기만 했다. 조종간을 당겨 보고, 밀
어 보기도 했지만 소용없었다. 그러다 앞쪽을 내다보았을 때, 프
로펠러마저 힘없이 돌고 있었다.

아아!

영혼이 몸에서 빠져나가는 기분이랄까? 더 이상 무얼 할 수 없
음을 직감한 순간, 온몸이 녹아내리는 기분이었다. 발버둥 치느
라 이것저것 두드리고 발로 무언가를 걷어차기도 한 건 그다음이
었다. 한동안은 그냥 멍하니 있어야만 했다.

그러다 어느 순간, 손끝에 무언가가 걸렸던가? 프로펠러가 다
시 돌아갔다. 소음이 커지긴 했지만, 조금 더 시간이 지난 뒤에는
비행기가 말을 듣기 시작했다. 그제야 조안은 기체를 바로 세우
고 하늘 위로 다시 솟아올랐다. 그리고 사방을 돌아보았다.

그사이에 후퇴 명령이 내려졌는지 일본군 비행기가 한쪽으로 휩쓸려 지나고 있었다. 일단 조안은 그 뒤를 따랐다. 한참 후에는 미군기도 따라오지 않았다.

그리고 어느 정도 시간이 지났을 때, 조안은 울음을 터트렸다. 소리를 내서 펑펑 울었다. 엄마도 불렀고, 누나도 불렀다. 달래 주는 사람이 없어서 더 크게 울었고, 소리도 질렀다. 그래도 누구하나 다독여 주지 않았다. 그래서 또 울었고, 악을 썼다. 누구 하나 아는 체하는 사람은 없었다.

그 생각이 머릿속에 가득 들어차 있을 때였다.

"여긴 왜 또 왔지? 뭘 확인하고 싶은 거야?"

깜짝 놀라 돌아보니, 다카하라였다. 그의 목소리는 낮았지만 여전히 날카로웠다. 문을 등지고 있어서 얼굴에 검은 그림자가 드리워져 있었다. 아마 그 때문에 날 선 목소리가 더 섬뜩하게 들린 듯했다. 그래서 조안은 뭐라 대답하지 못하고 머뭇거리기만 했다.

그러자 다카하라는 천천히 조안을 향해 다가왔다. 그 바람에 조안은 자신도 모르게 두어 걸음 뒤로 물러났다. 놈에게 맞은 왼쪽 뺨이 아침까지만 해도 시큰거렸던 터라 지레 겁을 집어먹어 그런지도 몰랐다.

지금도 생각하면 아찔했다.

호위 비행을 마치고 돌아와 비행장에 착륙했을 때, 정비병보다 다카하라가 먼저 달려왔다. 놈은 재빨리 날개에 뛰어오르더니,

조종석에서 막 일어난 조안의 멱살을 붙잡았고, 다짜고짜 내리패기 시작했다. 조안은 얼굴과 가슴팍을 맞고 다시 조종석 안으로 처박히고 말았다.

겨우 몸을 추스르고 일어나 땅으로 내려서자 다카하라는 다시 달려들어 조안의 얼굴을 때렸고, 그 바람에 넘어졌다. 다카하라는 그런 조안에게 달려들어 발길질을 해 댔다. 도대체 무슨 일이냐고, 왜 이러느냐고 조안은 소리를 질러 댔다. 놈의 성미가 팽패롭다는 건 진작 알고 있었지만, 그럼에도 당황하지 않을 수 없었다.

정비병 여럿이 뛰어와 다카하라를 뜯어말린 뒤에야 놈이 소리쳤다. '저놈이 키미조라를 죽였어'라고. 그 말에 조안은 입안에 고인 핏물을 뱉어 내며 이마를 찡그렸다. 그러면서 무슨 소리냐고 물었다. 그러자 다카하라가 한 번 더 소리쳤다.

'왜 기관총을 쏘지 않았지? 네 바로 앞에 미군기가 있었잖아. 네가 그 미군기를 쏘았으면, 키미조라는 죽지 않았을 거야. 네가 놓아준 그 미군기가 키미조라를 쏘아 떨어뜨렸다고! 이 겁쟁이 조센진.'

그 말을 듣고서야 조안은, 두 대의 미군기에 쫓기다가 추락한 비행기에 키미조라가 타고 있었다는 사실을 깨달았다. 조안은 뒤늦게, 기관총이 말을 듣지 않았다고 변명하듯 말했다. 그러는 사이 소라모토가 달려오고, 또 다른 비행사들이 다가왔다. 그들이 다카하라를 달랬다.

열한 명이 돌아오지 못했어. 전쟁터였잖아. 무슨 일이든 일어날 수 있어. 키미조라의 운이 거기까지였을 뿐이야. 그런 말들을 들으면서도 다카하라는 씩씩댔다.

그때의 모습이 지금도 생생했다. 불과 나흘 전의 일이었으니까.

"네놈이 탄 비행기의 기관총에는 아무런 이상이 없었어."

"뭐?"

짧게 되묻긴 했지만 반사적인 말에 지나지 않았다. 조안은 여전히 다카하라의 얼굴을 쳐다보면서 무얼 어찌해야 좋을지 몰라 발을 동동 굴렀다.

그런 중에도 다카하라는 천천히 다가왔다.

"왜 놀라지? 네놈이 아니라고 하면 그만일 줄 알았나? 정비병이 그러더군. 네놈의 기관총에는 큰 이상이 없었다고. 네놈이 여기에 있을 줄은 몰랐는걸. 왜지? 뒤늦게 용서라도 빌겠다는 거야?"

"그건 사고였어……. 정말 기관총이 말을 듣지 않았어."

"아니지. 넌 처음부터 쏠 마음이 없었던 거야. 특공을 지원할 때도 머뭇거렸잖아."

"그, 그건……."

"두려운 거지? 겁쟁이 조센진! 넌 대일본제국의 군인이 될 자격도, 비행사가 될 자격도 없는, 그저 한심한 조센진일 뿐이야."

다카하라는 점점 더 다가왔고, 목소리도 커졌다. 이젠 더 물러날 곳이 없었다. 조안은 창가에 몸을 기댔다. 바로 그 순간, 다카하라의 손이 조안의 멱살을 잡았다. 아니, 그런가 싶었는데 한 손이 목을 눌렀다.

숨이 막혔다. 조안은 목을 힘주어 누르는 다카하라의 손을 붙잡고 떼어 내려 버둥거렸다. 그러나 다카하라의 거친 손은 꿈쩍도 하지 않았다. 악을 써 댔지만 마찬가지였다.

"컥! 나, 나한테만……. 왜, 왜…… 이러는 거야?"

숨을 몰아쉬며 겨우 한마디 했다. 그러자 다카하라는 눈을 부릅뜨고 더더욱 손에 힘을 주며 대답했다.

"왜냐고? 난 조센진이 싫어. 전우가 죽어 가는데도 총 한 발 쏘지 못하는 조센진은 필요 없어."

다카하라는 한 단어, 한 단어에 힘을 주며 말했다.

"왜…… 왜? 전쟁은, 전쟁은 너희들이 일으켰……. 우리 조선인의 등에 칼을 꽂은 것도 너희 일본인들……."

조안은 숨이 막히면서도 겨우겨우 한마디씩 꺼내 놓았다.

그런데 그때였다.

"다카하라! 지금 무슨 짓을 하고 있는 거야?"

누군가의 목소리가 비행사 대기실 안에 크게 울렸다. 그러자마자 다카하라가 조안의 목에서 손을 떼었다. 다카하라는 돌아섰고, 조안은 그의 어깨 너머로 문 쪽을 쳐다보았다. 이토 준야였다. 그는 천천히 이편으로 다가왔다.

"여긴 전우들의 위패를 모신 곳이다. 그런데 이게 무슨 불순한 짓인가?"

"조안은 이곳에 올 자격이 없습니다. 저놈 때문에 키미조라가 죽었습니다."

이토 준야가 낮으나 힘이 들어간 목소리로 꾸짖듯 말했다. 그러자 다카하라는 기다렸다는 듯이 대꾸했다. 그래서 조안은 재빨리 나섰다.

"아, 아닙니다. 기관총이 말을 듣지 않았습니다."

"그 이야기는 이미 들었다. 이번 호위 비행은 우리 모두가 실패한 작전이었다. 연합군의 방어가 완강해서 폭격조차 하지 못했다. 미군기는 우리 제로센보다 훨씬 우수한 비행기라는 게 거듭 확인되었을 뿐이다. 결국 많은 아군 비행기가 추락했고, 키미조라도 그중 하나였다. 둘 다 내무반으로 돌아가라. 내일 아침 새 작전이 하달될⋯⋯."

이토 준야는 조안을 쳐다보며 말을 꺼냈고, 다카하라를 향해 타이르듯 말했다. 그의 말은 의외일 정도로 건조했다. 그런데 뜻밖에도 다카하라가 이토 준야의 말을 끊고 다시 나섰다.

"소대장님, 저 조센진 때문에 키미조라가 죽었습니다. 왜 저놈에게 책임을 묻지 않습니까? 소대장님도 보셨지 않습니까?"

다카하라가 이토 준야 쪽으로 서너 걸음 걷더니 말했다. 그 말에 조안은 가슴이 싸늘해졌다. 다카하라의 말대로 이토 준야도 그곳에 있었기 때문이다.

그런데 왜일까? 이토 준야는 무시하듯 다카하라를 잠시 쳐다 보더니, 조금 높은 어조로 말했다.

"우리보다 강한 적을 만나 임무에 실패했는데, 누구에게 책임 을 묻는다는 건가?"

그 말을 마치자마자 이토 준야는 몸을 돌려 문 쪽으로 향했다. 그러자 다카하라가 따라가더니, 이토 준야의 앞을 막아섰다.

"소대장님!"

그 바람에 이토 준야는 걸음을 멈추었다. 그리고 잠깐 숨을 고 르는 듯, 다카하라를 마주 보더니 말했다.

"다카하라, 내가 케이스케의 죽음에 대해 너에게 한마디라도 한 적 있나?"

다카하라의 표정이 순식간에 일그러지는 게 보였다. 아니, 얼굴 빛마저 하얘지는 듯했다. 기세등등하던 다카하라는 일시에 입을 닫았다. 그의 표정은 무언가에 뒤통수라도 맞은 듯했다. 잠시 동 안 그 자리에 넋을 잃고 서 있기만 했다.

이토 준야는 그런 다카하라를 옆으로 밀치더니 복도로 나갔 다. 하지만 예닐곱 걸음 걷다가 다시 걸음을 멈추고 돌아서서 말 했다.

"지란(일본 가고시마현 미나미큐슈시 부근, 2차 대전 당시 큰 규모의 비행 장이 있었다. 현재 이곳에는 가미카제 특공대를 추모하는 평화박물관이 들 어서 있다)으로 이동하라는 명령이 떨어졌다. 칭다오 비행장은 곧 폐쇄될 거야. 내가 지휘하는 네 개 편대는 가장 먼저 내일 출발한다. 엉뚱한 생각 말고 준비하라!"

이토 준야는 복도 저편으로 걸어갔다.

조안은 그런 뒤에도 멍하니 그 자리에 서 있는 다카하라를 향해 다가갔다. 그리고 입을 열었다.

"지금 소대장님이 무슨 말을 한 거지? 케이스케가 어찌 되었다는 거지?"

그 말에 다카하라는 조안을 쳐다보았다. 그러더니 깜짝 놀란 표정을 지었다.

"무, 무슨 말? 난 모르는 일이야."

다카하라는 뒤를 돌아 복도를 급히 걸어갔다. 허둥대는 듯한 그의 발걸음이 몹시 불안해 보였다.

*

밤은 빠르게 찾아왔고, 끊이지 않는 빗소리 때문인지 잠 못 드는 내내 귀가 먹먹했다. 더구나 비행사들이 두런두런 이야기를 나누는 소리가 간간이 귓속을 파고들어, 조안은 공연히 귀를 쫑긋 세워야 했다. 무슨 말이라도 지금 당장은 아무런 위안이 되지 않는다는 것을 알았으므로. 아니, 도리어 더 큰 두려움이 밀려왔기 때문에 듣지 않으려고도 해 보았지만 허사였다.

"정말 일본이 전쟁에서 지고 있는 거야?"

"그렇지 않고서야 본국으로 돌아갈 이유가 없잖아. 비행장을 폐쇄한다는 게 말이 되냔 말이야? 밀리고 있는 게 틀림없어."

"사흘 전에도 봤잖아. 본토에서 출격한 폭격기는 결국 절반이나 그냥 돌아가야 했어. 실패였다고. 호위 비행사도 절반이나 돌아오지 못했고, 이 내무반에도 벌써 일곱 자리나 비잖아."

"하긴 저 활주로를 보라고. 이젠 만신창이가 돼서 비행기가 이륙할 수 있을지도 의문이야."

비행사들은 밤이 깊어 가는 줄도 모르고 두런거렸다. 그 소리들이 창밖의 빗소리 때문에 이따금씩 무슨 울음소리처럼 들리기도 했다. 조안은 그들의 목소리를 듣느라 더더욱 잠들 수가 없었다.

어디 그뿐이던가? 도리어 머릿속에서는 더 크게 울려 대는, 이토 준야의 말 때문에라도 눈을 감았다가도 다시 뜨곤 했다. '다카하라. 내가 케이스케의 죽음에 대해 너에게 한마디라도 한 적 있나?'라는 그 말이 자꾸만 맴돌았다. 뿐만 아니라 그 순간 백지장처럼 하얘지던 다카하라의 얼굴까지 또렷하게 기억나서, 조안은 자꾸만 아플 때까지 아랫입술을 깨물어야 했다.

다행히 얼추 시간이 흐른 뒤, 비행사들의 목소리가 끊기고 빗소리만 더 크게 들릴 무렵, 언뜻 졸음이 밀려왔다. 그래서 살며시 눈을 감고 잠을 청했다.

하지만 살짝 잠이 들려는 순간, 누군가의 신경질적인 목소리 때문에 다시 잠이 달아나고 말았다.

"왜 하필 지란이냐고?"

"지란이 어쨌는데? 내가 알기로는 지란이 가장 시설이 좋은 비행장 중 하나인데?"

"정말 몰라서 묻는 거야? 물론 나도 소문을 들은 것이긴 하지만, 특공을 가장 많이 나가는 곳이 바로 지란이래."

그 말에 조안은 눈을 번쩍 떴고, 누워 있던 몸을 반쯤 일으켜 세웠다. 그리고 두리번거렸다. 다카하라의 건너편 침상 쪽에서 들려오는 목소리였다. 숨을 죽이자 목소리가 이어졌다.

"그럼 우리가 특공을 하러 간다는 거야? 설마……."

"설마라니? 이미 우리 모두가 특공 지원서를 썼잖아. 우리가 특공을 간다고 해도 이상할 게 하나도 없어."

그 말에 조안은 자신도 모르게 고개를 저었다. 그리고 소리를 지르고 싶었다. 차마 그러지는 못했지만. '내가 원한 건 아니었어! 안 쓰면 안 될 것 같았단 말이야. 더구나 난 조선인이니까'라는 말이 입안에서 맴돌았다.

그런 중에도 비행사들의 목소리는 이어졌다.

"그럼 칭다오 비행장을 폐쇄하는 건 적의 폭격 때문이 아니라 단지 우리를 특공에 투입하려는 거야?"

"글쎄? 하지만 우리가 연합군에게 밀리고 있는 것도 사실 아닌가? 연합군이 본토를 무차별 공격한다는 소문도 있고……."

"본토를? 그 정도인가? 우리가 전쟁에서 지는 거야? 그럼 다음은 어떻게 되는 거야?"

거기서 말이 끊겼다. 누군가 한두 번 기침을 쿨럭 했고, 한쪽에서는 깊은 한숨 소리가 들렸다. 조안은 그것으로 그들이 하고 싶은 말을 짐작할 수 있었다.

'과연 그다음이 있을까?'

어쩌면 그런 말이었으리라는 생각이 들었다. 그제야 조안은 급히 지란으로 이동하라는 명령의 진실을 조금이나마 짐작할 수 있을 것 같았다.

'그래, 특공이었구나. 일본은 전쟁에서 지고 있고, 어떻게든 연합군의 공격에 버텨 내기 위해 특공이 시급하게 필요한 거였어. 칭다오 비행장 폐쇄는 핑계일 뿐인 거야. 맞아. 왜 하필 이토 준야가 이끄는 편대를 먼저 보내겠어. 소비 출신 중에서 그나마 실력이 낮다는 비행사들이잖아. ……아, 특공이었어. 특공.'

그런 생각을 하면서 조안은 고개를 끄덕였다. 그러자 피식 웃음이 났다. 아까보다 몸이 덜 떨렸고, 차라리 차분해졌다. 중요한 결과를 미리 알고 난 다음의 심정과 같은 것이랄까?

하지만 잠시 후, 조안은 다시 중얼거렸다.

'미쳤어. 전부 미쳤어!'

그 때문에 한동안 머리를 연신 저어 댔다.

결국 조안은 일어나 앉았다. 어둠에 잠긴 내무반의 허공에 멍하니 시선을 던져두고 아침이 되기를 기다렸다.

그리고 마침내 더디긴 했지만, 동쪽 창이 은빛으로 물들기 시작했다. 몸은 한없이 무거웠지만, 조안은 다른 누구보다 먼저 일어나 비행복으로 갈아입었다.

*

예정 시간보다 무려 다섯 시간이나 더 지난 정오쯤이 되어서야 편대가 이륙했다. 끊이지 않고 내리는 빗줄기 때문이었다. 지난밤에도, 그리고 새벽을 지나 오전 내내 굵은 빗방울이 멈추지 않았다. 빗줄기가 비로소 잦아든 건 11시가 넘어서였다. 그러자마자 이토 준야는 출격 대기를 지시했고, 마침내 거칠었던 빗줄기가 이슬비로 바뀌자 기어코 이륙 명령을 내렸다.

모두 아홉 대의 비행기가 빗속을 날았다. 조안은 일곱 번째로 이륙하여 소라모토의 뒤꽁무니를 쫓았다.

하늘은 두꺼운 구름 때문에 희었다가 검었고, 조금 더 가면 검었다가 금세 또 희었다. 바다는 색깔을 가늠할 수가 없었다. 가까이 보이는 곳은 아예 검게 보였고, 조금 먼 곳은 회색빛이었다. 그보다 더 멀리 하늘과 맞닿은 곳은 잿빛이었으나, 가만히 보면 가마푸르레한 빛을 머금고 있었다.

조안은 그즈음 무서움에 몸을 떨었다. 가츠무라의 죽음, 수없이 떨어지던 비행기, 전혀 말을 듣지 않고 추락하던 그 순간들이 한꺼번에 머릿속을 가득 메웠다. 그 때문에 조안은 셀 수도 없이 깊은숨을 몰아쉬어야 했다. 그러고 난 뒤에야 조금은 숨쉬기가 편해졌다.

조안은 정신을 가다듬고 앞을 바로 보았다. 그러나 하필이면 그즈음부터 앞이 잘 보이지 않았다. 어차피 검었다 희어지기를 반복하는 하늘이라 그러려니 했는데, 그마저도 구별하기가 어려워지기 시작했다. 다시 강한 비가 흩뿌리고 있었기 때문이다.

반사적으로 앞쪽 비행기를 바라보았다. 그러자마자 기다렸다는 듯, 이토 준야의 비행기가 급상승하고 있었다. 일단 조안은 그를 따라 고도를 한껏 높였다. 구름을 뚫고 솟아오르자 빗방울은 훨씬 덜했다.

하지만 이번에는 바람이 문제였다. 생각보다 강한 바람이 정면에서 불어왔다. 구름이 위아래로 거세게 출렁이며 엎치듯, 간헐적으로 앞 유리를 때렸다. 그럴 때마다 구름은 빗방울이 되어 시야를 흐렸다. 눈을 감고 비행기를 모는 기분마저 들었다.

조안은 반사적으로 조키(대장기)를 찾았다. 조키는 저만치 앞에서 구름 속으로 사라졌다가 나타나기를 반복했다. 나머지 료키(웡맨, 대장기가 아닌 비행기들)들도 어떤 비행기는 보였고, 어떤 비행기는 보이지 않았다. 그 때문에 조안은 반복적으로 앞뒤를, 그리고 좌우를 두리번거려야 했다.

시간이 지날수록, 남동쪽으로 내려갈수록 바람은 강해졌다. 그 바람에 비행기가 자꾸만 옆으로 밀린다는 느낌마저 들었다.

그러고 보니 그건 느낌만이 아니었다. 틀림없이 비행기는 한쪽으로 밀려나고 있었다. 아무리 똑바로 가려 해도, 제 방향을 잡을 수가 없었다. 앞서 날아가는 비행기들도 마찬가지였다. 저마다 편대를 이탈하지 않으려 애쓰고 있었지만, 이미 대열은 제 모양을 잃은 채 흩어져 있었다. 조안은 자신만 자꾸 뒤처지는 것 같아 속력을 더해 보기도 하고, 바람의 저항을 줄이기 위해 날개를 기울여 보기도 했다. 하지만 그럴수록 기체만 더 흔들렸다. 물론 그렇다고 가만히 있을 수만은 없었다. 뭐라도 하지 않으면 자신만 뒤처지거나 멀어지고, 그러다가 편대를 잃어버릴지도 모른다는 생각이 들어서였다.

그런데 얼마나 시간이 지났을까? 물방울이 잔뜩 맺힌 앞 유리 너머로 선두의 비행기가 왼쪽으로 급하게 선회하는 모습이 보였다. 이어 뒤편의 비행기들이 하나씩 그 뒤를 따라 북쪽으로 방향을 바꾸어 잡았다. 바람을 등지고, 빗줄기를 뒤에 두자 조금 전보다 시야가 훨씬 밝아졌다. 덕분에 비행하기에는 한결 편했다.

그런데 어떻게 하려는 걸까? 바람을 옆으로 받으며 돌아가려는 걸까? 악천후에 비행하는 방법에 대해서 듣기는 했다. 특히 강풍을 만났을 때는 기체의 앞쪽을 들고, 꼬리를 내려서 최대한 바람의 저항을 피하라고 했다. 그것도 불가능하면 바람이 불어오는 쪽으로 비행기의 배를 들어서 바람을 타라고 했다. 비행기가 날아가려는 방향과 목적지가 15도 정도 되게 방향을 틀어서……

그런 생각들을 떠올리며 얼른 지도를 보고 방향계를 확인했지만, 그러기에는 선두의 비행기가 잡은 방향이 목적지와는 너무나 다른 방향이었다.

도대체 이건 무슨 비행법인가? 조안은 고개를 갸웃거렸다. 교본에도 없는 비행 방법으로 날고 있는 이토 준야를 이해할 수가 없었다. 결국 조안은, 이토 준야만의 방법이 있겠거니, 생각할 수밖에 없었다.

그런데 그 순간, 조안은 문득 이상한 느낌에 사로잡혔다. 지도를 확인하고 보니 북쪽 위편에 조선 반도가 보였기 때문이다. 그래서 혹시나 하는 생각에 현재의 방향을 기준으로 비행기의 경로를 그려 보니, 뜻밖에도 경성 쪽이었다.

'설마……!'

자신도 모르게 입속으로 되뇌는 순간, 가슴이 심하게 방망이질하기 시작했다. 조안은 다시 한번 설마, 하면서 지도를 쳐다보았다. 추측이 맞는다면 비행기는 이미 목포에서 멀지 않은 서쪽 바다를 통과하고 있을 터였다.

'비상 착륙하려는 거야. 조선으로 가고 있어!'

조안은 자신도 모르게 중얼거리듯 말했다. 그러고는 제풀에 놀랐다. 조선으로 간다니? 그것도 비행기를 타고. 이유야 어쨌든 그것은 조안 자신이 꿈꾸었던 것이기에 머리에서 발끝까지, 온몸이 일시에 파르르 떨렸다.

'조선이라니!'

조안은 다시 한번 입속으로 중얼거리고 조종간을 양손으로 꽉 잡았다. 곧 비행기는 두꺼운 구름을 뚫고 하강했다. 아까처럼 굵은 빗줄기가 조종석 앞 유리에 쏟아졌다. 하지만 아무래도 상관 없었다. 비행기가 조선으로 가고 있는데, 비 좀 내리는 것이 무슨 대단한 일인가 싶었다. 게다가 육지가 보이지 않는가?

과연 아래쪽에 거무튀튀한 땅이 보였다. 그래서 한동안 땅만 내려다보았다. 정확히 그곳이 어디인지 알 수 없었지만, 눈을 뗄 수가 없었다. 하지만 그러느라 살짝 왼쪽으로 방향을 바꾼 앞 비행기를 놓칠 뻔하기도 했다. 조안은 눈을 부릅뜨고 소라모토의 비행기를 뒤쫓았다.

그렇게 얼마를 날아갔을까? 선두에 선 이토 준야의 비행기가 날개를 좌우로 세 번 흔들어 보였다. 착륙 신호였다. 그리고 다음 순간 굵은 강줄기가 보였고, 그 한가운데 섬이 나타났다.

조안은 다시 한번 깊은숨을 몰아쉬었다. 틀림없이 여의도 비행장이었다.

잠시 후, 이토 준야의 비행기가 활주로를 향해 내려갔다. 나머지 비행기들은 제각각 오른쪽과 왼쪽 방향으로 번갈아 선회했다. 조안이 커다란 원을 그리며 허공을 한 바퀴 돌았을 때, 두 번째

와 세 번째 비행기가 활주로를 향해 하강했다. 그리고 세 번 선회한 뒤에 소라모토의 비행기가, 조안은 일정한 거리를 두고 그 뒤를 따랐다.

조안은 어금니를 꽉 깨물었고, 조종간을 더 힘 있게 붙잡았다. 그리고 고도를 낮춰 착륙하기 시작했다. 바퀴를 내리고 서서히 기체를 활주로에 접근시켰다.

순간 눈앞에 환상이 펼쳐졌다.

우아!

조안은 먼저 소리를 들었다. 수많은 사람이 내지르는 함성이었다. 그리고 그 소리와 거의 동시에 활주로 양옆으로 셀 수 없는 군중이 보였다. 어린아이부터 노인까지, 그리고 수많은 학생. 그들 머리 위로 곳곳에 펼쳐진 천 조각의 글씨도 선명하게 눈에 들어왔다.


**고향 방문단을 환영합니다**
**당신은 우리의 자랑스러운 아라와시입니다**


조안은 미소를 지었다. 그러다가 문득 앳된 소년의 모습을 발견했다. 감격에 겨워서, 입을 벌린 채 비행기만 뚫어지게 쳐다보고 있는 까까머리 소년.

'조안?'

얼결에 자신의 이름을 부르고 말았다.

그뿐이 아니었다. 누나가 그 옆에 서 있었다. 어디서 구했는지 꽃다발을 들고 이쪽을 쳐다보면서 팔이 떨어져라 흔들어 댔다. 그래서 누나에게 말했다.

'누나, 내가 돌아왔어요.'

그러자 누나가 대답했다.

'어서 와. 네가 정말로 자랑스럽구나. 네가 해낼 줄 알았단다.'

그런데 어느 순간, 털썩 하는 소리와 함께 비행기가, 그리고 몸이 심하게 흔들렸다. 바퀴가 땅에 닿으며 미끄러지는 소리였다. 환상은 거기까지였다.

활주로 양옆에는 아무도 없었다. 사람도, 환영한다는 글씨도 보이지 않았다. 활주로에는 앞서 착륙한 비행기만 아니라면, 조안 혼자뿐이었다. 굵은 빗줄기 때문일 테지만, 을씨년스럽기까지 했다. 조안은 정신을 차렸다. 속도를 조절하면서 살짝 비틀어진 비행기의 방향을 바로잡았다. 비행기는 기분 좋게 활주로를 미끄러져 갔다. 저편 앞에서 흰옷을 입은 두 명의 정비병이 빗속을 뚫고 달려오고 있는 것이 보였다.

이윽고 비행기가 멈추었고, 정비병 하나가 날개를 밟고 비행기에 올라섰다. 그리고 조종석의 문을 열었다. 순간 거센 빗줄기가 온몸을 휘감았고, 조안 또래의 정비병이 거수경례를 했다.

"비상 착륙을 환영합니다."

# 06. 집으로 가는 아주 먼 길

*

정오가 지났는지, 그러다가 시간이 오후의 어느 지점에 멈춰 있는지 알 길이 없었다. 창 쪽에서 들려오는 빗소리는 여전했고, 그 때문에 내무반 안은, 보통 날의 해질 무렵만큼이나 어둑했다. 어제도 그랬고, 오늘도 아침부터 지금까지 변한 게 없었다. 그래도 어제는 낮 동안 잠시 해가 반짝 들었는데, 오늘 새벽부터 다시 내리기 시작한 비는 멈출 줄을 몰랐다.

조안은 한동안 빗소리를 가만히 듣고 있었다.

다른 비행사들처럼 부대 밖으로 외출을 나갈 걸 그랬나, 하는 생각이 잠깐 들었다. 하지만 곧바로 고개를 저었다. 지금 밖으로 나가면, 자신이 어디로 갈지 너무나 잘 알고 있었기 때문이다. 그

다음엔 자신이 어떤 마음을 갖게 될지, 무슨 일이 생길지 알 수 없었으므로 섣불리 나서면 안 된다는 생각이 들었다. 그 탓에 비상 착륙하는 그 순간까지 뜨겁게 달아올랐던 흥분은 금세 식어 버렸다.

얼마나 시간이 지났을까?

내무반 밖 어디선가 발자국 소리가 들렸다. 소리는 이쪽으로 점점 더 가까워졌다. 그 바람에 조안은 자신도 모르게 몸을 바짝 웅크렸다.

'누굴까? 출격 명령을 전하러 오는 중일까? 그래, 차라리 빨리 이곳을 떠나는 게 나아. 공연히 미련을 갖지 않도록 빨리……. 그런데 왜 아직 출격 명령이 없는 걸까? 어제 낮 동안 해가 나기도 했고, 다시 비바람이 불었지만, 밤에는 다시 그치기도 했는데……? 아, 또 무슨 일이 생기려는 걸까? 그럴 리가! 특공보다 더 나쁜 일이 어디에 있단 말인가?'

구둣발 소리가 내무반 앞에서 멈추었다. 동시에 문이 열렸다. 조안은 고개를 들고 문 쪽을 쳐다보았다. 이토 준야였다.

조안은 일어났다. 서둘지는 않고 침상에서 내려왔다. 그리고 부동자세로 섰다. 이토 준야는 창 쪽 책상 앞에 앉았다.

"조안, 왜 나가지 않았지? 외출해도 좋다고 했는데?"

"솔직하게 말씀해 주십시오. 지란으로 가면 우리는 특공에 투입되는 겁니까?"

조안은 이토 준야의 질문에 대뜸 되물었다. 자신도 모르게 튀어나온 질문이어서 목소리가 떨렸다.

그러나 이토 준야는 대답하지 않았다. 그는 의자에서 일어나 뒤편의 창문을 열었다. 빗소리가 더 거세게 들려왔다. 이토 준야는 들이치는 빗방울을 맞으며 잠시 동안 서 있다가 돌아섰다. 그러고 나서도 이토 준야는 뜸을 들였다. 조안은 다그쳐 묻고 싶었지만, 가만히 기다렸다.

잠시 후, 대답 대신 이토 준야가 물었다.

"두렵나?"

이번에는 조안이 대답하지 않았다. 서로 풀리지 않은 수수께끼를 주고받는 느낌이 들었다.

"이곳이 네 고향이라 들었는데?"

조안은 고향이라는 말에 숨이 탁 막혔다. 칭다오 비행장에서 틈만 나면 활주로 끝 해안가로 달려가 하염없이 동쪽 바다 너머를 바라보곤 했던 자신의 모습이 떠올랐다. 그런데 지금은 집을 코앞에 두고도 망설이고 있다. 그런 조안의 마음을 이토 준야는 헤아리고 있는 걸까? 만약 그걸 알고도 물었다면? 그런 생각에 다다르자 화가 치밀었다. 그래서 그냥 목구멍에서 나오는 대로 말했다.

"부대 밖으로 나가면 제가 돌아올 것 같습니까?"

그 말에 먼저 놀란 건 조안 자신이었다. 얼결에 뱉은 말치고는 스스로 생각하기에도 당돌하기 그지없었다. 과연 이토 준야도 뜻밖이라는 듯 미간을 찌푸렸다.

"그게 지금 무슨 뜻인가?"

"말 그대로입니다. 저는 특공을 앞두고 있는 비행사입니다. 방금 두렵냐고 물으셨지요? 네, 두렵습니다. 그런데도 제가 돌아오리라고 확신하십니까? 그건 소대장님의……."

"나의 오만인가?"

"……."

조안은 자신의 말을 끊고 나선 이토 준야의 물음에 머뭇거렸다. 그의 말을 부정할 수가 없었다. 자신의 속마음을 정확하게 읽어 냈기 때문에 당혹스러웠다.

조안은 잠시 숨을 몰아쉬며 시간을 벌었다. 그런 다음 다시 말했다.

"게다가 저는 조선인입니다."

"아니, 지금은 오로지 대일본제국의 군인이고 아라와시다. 적어도 내게는 그렇다."

"그 말은, '나는 군인이고 군인으로서 임무를 다할 뿐이야'라는 말과 같은 것입니까?"

"조안……."

"하지만 그런 변명, 이제는 질리지 않으십니까?"

이토 준야가 무슨 말을 하려고 했지만, 조안은 먼저 선수를 쳤다.

"뭐라고?"

"군인이라는 변명이 면죄부가 될 수는 없습니다."

"면죄부라니? 설마 특공을 말하는 건가?"

"소대장님이 자식같이 키운 비행사들을 죽음으로 이끌고 계시잖아요. 그러면서도 자신은 오로지 군인이기 때문에 어쩔 수 없다는 핑계를……."

바로 그때였다. 이토 준야가 별안간 주먹을 뻗었다. 왼쪽 뺨에 묵직한 것이 날아들었다. 그 때문에 조안은 뒤로 나가떨어졌다.

"그럼 나보고 항명이라도 하라는 건가?"

이토 준야는 쓰러진 조안을 내려다보면서 소리쳤다.

조안은 그를 올려다보며 뺨을 쓸어내렸다. 입안에서 금세 피 맛이 돌았다. 조안은 어금니를 물고, 침을 꿀꺽 삼키며 일어났다. 그리고 이토 준야를 똑바로 쳐다보면서 오기로 말했다.

"아니요. 소대장님은 그럴 만한 용기가 없는 분입니다."

"조안!"

이토 준야의 목소리가 좁은 내무반 안에 쩌렁쩌렁 울렸다. 그 때문에라도 조안은 더 이상 대꾸할 수가 없었다.

한참 동안 침묵이 좁은 방 안을 덮었다. 숨을 쉬는 것조차 거리낄 만큼 무거운 공기가 짓눌렀다. 빗소리만 들려왔다.

꽤 시간이 지나서 이토 준야가 말했다.

"나도 몰랐다. 칭다오에 와서 알았어. 오키나와에 미군이 상륙

했고 함락이 멀지 않았다는 것도, 연합군의 본토 공격이 본격적
으로 시작되었다는 것도."

"네? 그게 무슨……?"

갑자기 머리카락이 쭈뼛 서는 느낌이 들었다. 그럼 정말로 일본
군이 전쟁에서 패하고 있다는 뜻인가? 게다가 본토에 대한 공격
이 시작되었다면, 생각했던 것보다 더 심각한 상황이 아닌가. 조
안은 뻐근한 왼쪽 뺨을 만지면서 이토 준야를 처다보았다.

"3월에 있었던 도쿄 대공습은 시작일 뿐이었던 거야. 도쿄만이
아니라 전 국토가 연합군의 공습을 받을 거라는군. 그래서 특공
에 투입될 비행사들을 본토에서 요청하고 있다는 사실도 이곳에
와서 알았어."

"악천후만 아니었다면, 저는 지금 지란에서 특공 명령을 받아
들었을지도 모르겠군요."

"아직은 아니야. 우리에겐 약간의 시간이 있어. 지금 연합군은
해외에서 본토로 가는 모든 일본군 비행기를 차단하고 있어."

그제야 조안은 아직까지 출격 명령이 내려지지 않은 이유를 알
것 같았다. 비바람 때문만이 아니라, 연합군 때문에라도 갈 수 없
는 거였다니! 문득 일본 열도를 새까맣게 둘러싸고 있는 연합군의
모습이 머릿속에 그려졌다. 그리고 그 순간, 등골이 서늘해졌다.

"오늘 밤에 지란으로 갈 예정이다. 기상 상태만 좋다면 말이야.
20시까지만 돌아오면 된다."

조안이 아무런 대꾸를 하지 못하고 멍하니 서 있자, 이토 준야가 말했다. 그러더니 몸을 돌렸다. 하지만 문을 열고 나가다 말고, 한마디 더 했다.

"참, 돌아올 것을 확신하느냐고 물었지? 미안하지만, 넌 돌아올 거야."

*

결국 한 시간을 더 버티지 못했다. 이토 준야가 내무반을 나가자마자 조안은 초조해졌다. 자꾸만 시계를 보았고, 제자리에서 서성댔다. 앉았다가 일어서기를 수십 번 반복하다가, 내무반 안을 수도 없이 잔걸음치다가 결국 밖으로 나섰다. 그러자마자 미친 듯이 활주로를 가로질렀고, 비행장 정문을 나섰다. 그리고 마포 쪽으로 가는 길로 내달렸다. 고향 방문단을 보러 몇 번이나 오갔던 길이 곧 눈앞에 나타났다. 비를 맞으며 그 길을 미친 듯이 뛰어갔다.

강을 건넜고, 마포에 이르러 전차를 탔다. 그리고 전차가 종로에 섰을 때, 비는 그쳐 있었다. 바람이 불었지만 거칠지는 않았다. 다만 젖은 옷 때문에 몸이 으스스 떨렸다.

조안은 잠시 서서 사방을 돌아보았다.

낯설었다. 몇 년 전만 해도 툭하면 달려 나와 양복 입은 신사들을 구경했고, 양장한 여학교 누나들을 힐끗거렸던 곳이다. 그런데 지금 서 있는 곳은, 너무나도 생소했다. 비행병학교를 가기 위해 처음 도쿄에 내렸을 때에도 이 정도로 이역감異域感이 들지는 않았었다.

그래서 조안은 길을 잃은 어린아이처럼, 어느 쪽으로 걸어야 할지 몰라 제자리에서 서성댔다. 물론 자신도 모르게 몸은 어느 한 방향을 향해 서 있었지만.

그러나 잠시 후 그걸 깨닫는 순간, 조안은 무언가에 놀라기라도 한 듯 몸을 홱 돌렸다. 그리고 성큼성큼 걸음을 옮겼다. 걸으며 자신에게 말했다.

'누나한테 마지막 인사하러 왔다고 말할 수는 없잖아?'

조안은 거친 걸음걸이만큼이나 빠르게 머리를 여러 번 저어 댔다. 고인 물을 밟아 물이 튀고 발목이 젖었지만 신경 쓰지 않았다. 잠시도 멈추지 않고 걸었다. 때론 골목길을 따라 걷다가 다시 큰길가로, 또 오른쪽으로 왼쪽으로.

어느 결에 걸음을 멈추고 머뭇거린 것은, 다시 굵어지기 시작한 빗방울 때문이었다. 정신을 차리고 보니, 본정통(지금의 충무로 일대의 거리) 어디쯤인 듯했다.

조안은 반사적으로 한 건물 앞 처마 밑에 섰다. 그러자마자 노랫소리가 들려왔다. 뒤를 돌아보니, 유리문에 경성끽다점(찻집)이라는 글씨가 쓰여 있었다. 동경으로 떠나기 전에는 친구들과 힐

끅거리며 지나다니던 곳이었다. 조안은 잠시 망설이다가 안으로 들어갔다.

끽다점 안은 담배 연기가 자욱했고, 서양 노래가 흐르고 있었다. 그 사이사이에서 사람들의 목소리가 들려왔다. 이리저리 돌아보니 양장을 한 남녀가 마주 앉아 있기도 하고, 어깨가 각진 제복을 입은 남자 무리도 보였다. 또 한쪽에는 초여름인데도 풀을 잘 먹인 삼베 두루마기를 입은 노인이 꼿꼿한 자세로 앉아 있었다.

조안은 그들 사이를 걸어 구석진 자리에 앉았다. 눈을 감고 스스로를 다독였다. 몸을 등받이에 기대고 깊게 숨을 내쉬었다. 팔을 늘어뜨리고 다리를 쭉 뻗었다. 그러자 일시에 몸이 노곤해지는 느낌이 들었다. 밧줄에 꽁꽁 묶여 있다가 풀려난 느낌이랄까?

조안은 한동안 그런 채로 움직이지 않았다. 그렇게 긴장을 놓자마자 옆 테이블에 앉은 사람들의 목소리가 끼어들었다. ……어떻게 이럴 수가 있어? 이따위가 무슨 시라고! 실눈을 뜨고 옆을 쳐다보니, 머리가 희끗한 중늙은이가 무슨 잡지책 한 권을 펼쳐 들고 있다가 탁자에 내동댕이쳤다. 무언가에 잔뜩 화가 난 듯했다. 조안은 자신도 모르게 인상을 찌푸렸다. 주위의 몇 사람도 그쪽 눈치를 살폈다.

조안은 아예 몸을 돌려 앉았다. 그런 채로 다시 눈을 감았다.

잠시 후, 까무룩 졸음이 밀려왔다. 그리고 어느 순간부터 온몸에 힘이 조금 더 빠져나가고, 마침내는 그 소리마저도, 서양 노랫가락도 들리지 않았다. 사방이 고요해지고, 눈앞에는 파란 하늘과, 그보다 더 파란 바다가 펼쳐졌다.

조안은 태양을 마주 보며, 그 바다 위를 날았…… 아니, 그런가 싶었는데, 어느새 하늘이 검은빛으로 변했고, 바다의 빛깔도 칙칙한 잿빛으로 바뀌었다. 그리고 그 위를 수많은 비행기가 날았다. 구름 속에서 막 빠져나온 제로센 한 대는 바다에 처박혔고, 어떤 비행기는 한쪽 날개가 부러진 채 갈지자로 날았다. 어느 편인지 알 수 없는 또 다른 비행기는 꼬리에 시커먼 연기를 뿜어내며 저편으로 사라져 갔다.

조안은 어떻게든 그 자리에서 달아나고 싶었으나, 그럴 수가 없었다. 아무리 조종간을 움직여도 비행기가 말을 듣지 않았다. 그래서 발버둥을 쳐 보았지만, 허사였다. 그때 저편 앞에 그루망이 나타났고, 곧바로 그루망이 커다란 불덩이로 변했다. 시뻘건 불덩이는 조안의 비행기를 향해 거침없이 날아왔다.

어어어억!

조안은 제풀에 놀라 눈을 떴다. 자신의 팔 위에 올려진 새하얀 손이 눈에 띄었다. 누군가가 자신의 팔을 흔든 듯했다.

조안은 눈을 조금 더 올려 떴다. 그런데 뜻밖에도 거기에 낯익은 얼굴이 미소 짓고 있었다. 발그레한 뺨, 움푹 들어간 보조개, 방울코와 맑은 눈동자…….

누, 누나?

조안은 재빨리 몸을 추스르고 바로 앉았다. 그리고 다시 쳐다보았다.

아니었다. 정신을 차리고 보니, 눈과 코만 닮았을 뿐 누나가 아니었다. 새빨갛게 칠한 입술 때문일까. 성깔 나쁜 깍쟁이처럼 보였다. 조안은 머쓱해져서 가만히 종업원을 쳐다보기만 했다. 그러자 종업원은 생각보다는 상냥하게 무엇을 주문할 건지 물었고, 그러면서 살짝 미소를 지었다. 조안은 한 번도 끽다점에 와 본 적이 없어서 잠시 당황했다. 얼결에 주위를 둘러보았다.

"저, 저거……."

조안은 옆 테이블에 앉은 두 명의 여자 쪽을 가리키며 말했다. 색깔은 다르지만, 똑같이 분홍빛이 도는 꽃무늬 저고리를 입은 두 여인 앞에는 흰색 잔이 놓여 있었다.

"커피로 할까요?"

종업원은 한 번 더 씩 웃더니 저편으로 사라져 갔다.

누나.

조안은 벌떡 일어났다. 당장이라도 달려 나갈 기세로 두어 걸음 내디뎠다. 하지만 멈추었다. 조안은 다시 한번 누나를 입속으로 중얼거리고 자리에 앉았다.

창밖으로 시선을 돌렸다. 지나가는 사람들을, 굵어진 빗방울을, 그 너머 건물들을, 그 위의 잿빛 하늘을 멍하니 바라보았다.

솔직히 누나를 어떻게 마주 대해야 할지 생각해 보지 않았다.

'본토로 귀환하라는 명령에 따라 다른 동료들과 함께 수송기를 탔는데, 기상이 악화되는 바람에 긴급히 여의도 비행장에 내렸어. 어차피 하루 이틀에 기상이 좋아질 것 같지 않아 며칠간 머무르게 되었지. 다행히 나를 잘 봐주던 소대장이 몇 시간 외출을 허락했어.'

그렇게 말하면 될까? 그다지 사실과 다르지 않은 말이긴 했다. 하긴 어차피 누나는 조안이 비행사가 된 것을 모를 테니까. 왜냐하면 비행사가 된 뒤로 한 번도 누나에게 편지를 보낸 일이 없었으니까. 물론 비행기를 타게 되었다는 소식을 누구보다 빨리 알리고 싶었지만, 미루고 있었다.

'정말 당당한 비행사가 된 뒤에 사진도 찍어서 알릴 거야.'

조안은 저 혼자 그런 생각을 했다. 그러나 비행 훈련을 채 마치기도 전에 특공 명령을 받았다. 결국 편지는 쓰지 못했다. 편지를 쓰다가 울 것 같았고, 혹여 '살고 싶어요!'라고 쓸지 몰라서였다. 그래서 몇 번이나 쓰려다가 말았다.

물론 그보다 조금 더 시간이 지난 뒤에는 편지를 써도 보낼 수가 없었다. 이유는 알 수 없었지만, 서신 왕래가 금지되었다. 그리고 그즈음부터 보급품 수송이 늦어지기 시작했고, 모자라는 물품들이 늘어났다. 비누와 속옷 같은 생필품은 물론이고, 비행기 연료나 정비 부품까지. 그러자 비행사들 사이에서는 연합군의 공격 때문이라는 말이 나왔고, 그걸 증명하듯이 공습이 잦아졌다.

이토 준야의 말대로, 도쿄 말고도 여러 지역이 폭격을 당했다는 말이 사실인 모양이었다.

조안은 고개를 저었다. 그즈음, 종업원이 커피잔을 놓고 갔다. 조안은 무심코 커피잔을 들어 입에 댔다. 하지만 한 모금을 삼키다가 말았다. 뜨거웠고, 몹시 썼다. 자신도 모르게 인상을 잔뜩 찌푸렸다.

그러는 사이, 옆 테이블의 중늙은이가 또 뭔가에 화가 났는지 신경질적으로 잡지책을 탁자 위에 내던지고는 도리구찌(헌팅캡)를 쓴 남자와 함께 문 쪽으로 나갔다. 조안은 둘의 뒷모습을 잠깐 쳐다보았고, 그들이 설전을 벌이던 탁자를 멍하니 바라보았다.

조안은 그들이 놓고 간 잡지책을 주워들었다. 꼭 읽겠다는 생각은 없었기에 한두 장씩 무의식적으로 넘겼다. 그런데 그때, 큰 제목 하나가 눈에 띄었다.

'드넓은 하늘로 날아오른 소년 항공병에게……?'

조안은 제목을 주억거리고, 그 아래 투덕투덕한 얼굴의 여자 사진을 보았다. 조그만 글씨로 시인이라고 소개되어 있었다.

조안은 무심코 읽어 내렸다.


아직은 다 피어나지 못한 꽃봉오리여

그러나 가슴은 누구보다 활활 타오르니

그 가녀린 손으로 조종간을 붙잡고

산이든 바다든 멀리 날아올라

몸을 던지고 혼을 불살라

적의 숨통을 조여라

승리의 깃발이 태양처럼 나부끼고

네 이름, 빛나리라.


조안은 다 읽지도 않고, 자신도 모르게 주먹을 움켜쥐었다. 그
바람에 사진 속 여자의 얼굴이 구겨졌다.

'이걸 조선인이 썼다고?'

그때, 시가 적힌 책장이 북 찢어졌다. 바로 옆자리의 사내가 힐
끗거렸지만, 신경 쓰지 않았다. 조안은 도리어 일면식도 없는 그
에게 화풀이라도 하고 싶었다.

'당신이 뭘 알아? 전쟁터에 나가 보고 하는 소리야? 옆에서 폭
탄이 떨어지고 손발이 잘려 피가 폭포수처럼 쏟아지는 걸 본 적
있어? 그런 전쟁터에 나가서 영광스럽게 죽으라고? 더구나 조선
을 위해서도 아니고 일본을 위해서? 천황을 위해서?'

조안은 차마 입 밖으로 내지르지 못하고 찢어 버린 잡지책 쪼
가리를 한 손에 들고 부르르 떨었다. 그런데 그것이 꽤나 난폭해
보였던지, 이쪽저쪽 탁자에 앉아 있던 사람 서넛이 힐끔거렸다.

내친김에 조안은 일어났다. 그리고 부랴부랴 바깥으로 나왔다.

아까보다는 덜했지만, 여전히 비가 내리고 있었다. 하지만 조안

은 잠시 망설임도 없이 거리로 나섰다. 그리고 입속으로 끊임없이 중얼거렸다.

'미쳤어. 전부 미쳤어!'

얼마나 걸었을까?

경성 사진관이 보였다. 간판을 보자마자 조안은 피식 웃었다. 집으로부터 멀어지는 방향으로 걸었다고 생각했는데, 결국 몸은 이곳까지 이르렀다는 게 어이가 없어서였다.

어서 가, 동주야!

쫓아오는 아버지를 막아서며 소리치던 누나의 목소리가 들려올 듯했다. 아니, 건너편 골목길에서 지금 당장이라도 누나가 달려 내려올 것만 같았다. 조안은 그 길을 바라보다가 돌아섰다. 사진관의 유리창 안을 쳐다보았다. 낯모르는 가족들의 사진이 유리창 안에 진열되어 있었다. 신사복을 입은 남자와 양장을 한 여자가 나란히 미소 짓는 사진도 있었다. 조안은 제 또래의, 열댓 명의 중학생들이 교복을 입고 나란히 찍은 사진을 오래도록 보았다.

조안은 자신이 시간을 끌고 있다는 것을 알고 있었다.

결국 조안은 오래 버티지 못하고 돌아섰다. 그러자마자 넓은 신작로 한가운데로 전차가 지나갔다. 그리고 연이어 검은색 자동차가 빠르게 지나치며 땅에 고인 물을 튀겼다.

조안은 신작로 건너편을 바라보았다. 크고 작은 건물들이 무질서하게 늘어서 있었다. 양복점과 포목점 간판이 보이고, 인삼 가게도 눈에 띄었다. 그 앞을 양복 입은 신사와 기모노를 입은 여인이 종종걸음을 치며 지나갔다.

그때 바로 앞에서 인력거 한 대가 훅 스쳤고, 동시에 빗물을 잔뜩 머금은 바람이 뺨에 닿았다. 그 순간, 조안은 기다렸다는 듯이 길을 건넜다. 그리고 포목점과 양복점 사이의 좁은 길로 쫓기듯 들어갔다.

비로소 이역감이 사라졌다. 수천 번, 아니 수만 번은 더 오르내렸던 언덕이었다. 눈을 감고도 집을 단숨에 찾아낼 수 있을 만큼 익숙한 길이었다. 아주 어린 시절에는 엄마의 손을 잡고 집으로 돌아가고, 소학교에 다닐 때는 누나와 나란히 집을 나섰었다.

하지만 언덕을 오를 때까지 걸음은 느렸다. 집에 한 걸음이라도 들여놓으면, 다시는 나오고 싶지 않을 것 같았다. 여의도 비행장으로 돌아가고 싶지 않을 게 틀림없었다. 그래서 조안은 몇 번이나 걸음을 멈추었고, 돌아서기도 했다. 하지만 멍하니 서 있다가 보면, 걸음은 어느새 다시 언덕 위로 향하곤 했다.

그러다가 문득 생각했다.

'그래, 담 너머로 누나 얼굴만 보고 오면 돼!'

그리고 마침내 저만치 대문이 얼핏 보인다 싶을 즈음, 조안은 자신도 모르게 서둘러 걸었다. 아니, 나중에는 아예 뛰었다. 그리고 문 앞에서 우뚝 멈추었다.

대문 너머를 기웃거렸다. 좁은 툇마루부터 안방 쪽과 사랑방,

그리고 문간방까지 쓱 훑었다. 좁은 안마당 한쪽에는 빗물이 고여 있었다. 장마 때문인지 툇마루 아래와 우물 옆에 잡풀이 꽤 자라 있는 게 보였다. 누나가 선뜻 부엌에서 나와 푸른 이끼가 돋아난 우물가로 종종거리며 뛰어갈 것 같았다. 그리고 아버지……, 당장이라도 아버지의 고함 소리가 들릴 듯했다. 그 때문에 조안은 담장을 붙잡고 있는 손에 힘을 주었다.

하지만 그럼에도 아버지가 그때 내지르던 고함 소리가 기억 속에서 생생하게 튀어나왔다.

'푸하하하! 네가 아라와시가 된다고? 언감생심, 네놈이 무슨 재주로 비행사가 된다는 게야?'

막걸리를 받아 반주를 들이켜던 아버지의 입에서 침이 튀었다. 조안은 아버지의 거친 말투에 놀라, 엉덩이를 슬쩍 뒤로 빼냈다. 아버지는 조안이 밥상 옆에 밀어 놓은 광고지를 힐끗 쳐다보더니 구겨서 한쪽으로 던졌다. 막 숭늉을 떠서 들고 마루로 올라서던 누나가 그것을 집어 펼치더니 한쪽 옆에 놓았다. 그런 중에도 방 안에서는 엄마의 기침 소리가 크게 들렸다.

'네 어미 약값이라도 벌려면 얼른 기술이나 배워.'

그 말에 조안은 방문 쪽을 힐끔 쳐다보았다. 그리고 아버지를 빤히 바라보았다. '가고 싶어요'라고 말하려 했지만, 차마 입이 떨어지지 않았다.

그런데 아버지가 눈치를 챈 것인지 말했다.

'정신 나간 놈. 아직도 모르겠어? 왜놈들이 어떤 놈들인데? 조선 사람들 뼛속까지 발라먹을 놈들이야. 그런데 네가 아라와시가 되겠다고?'

조안은 아까와는 다른 이유로 당황했다. 돈이 없다며 화낼 줄 알았는데, 그게 아니었다. 뜻밖에도 엉뚱한 데다가 화를 냈다. 실제로 아버지의 말 속에는, 노여움이 가득 묻어나 있었다. 단순히 반주 한두 잔 때문에 나오는 말은 아닌 듯했다. 슬쩍 누나를 곁눈질해서 보았더니, 누나의 표정도 적잖이 상기되어 있었다.

막걸리 한 잔을 더 들이켠 아버지가 한마디 더 했다.

'평생을 병신으로 사는 이 애비를 보면서도 몰라? 왜놈들이라면 아주 지긋지긋해.'

도대체 무슨 말을 하고 싶은 것일까? 삼일 만세운동 때 일본인들에게 두들겨 맞아 영영 못 쓰게 된 한쪽 다리 때문에 그러는 걸까?

조안이 알고 있는 한, 아버지는 일본 사람이 차린 전당포에서 일했다. 고리대금업을 겸하고 있던 그곳에서 아버지는 수금 사원이었다. 다리를 절뚝거리면서도, 비가 오나 눈이 오나 이자가 밀린 집을 돌아다니며 한 푼이라도 받아 냈다. 돈이 없다며 사정을 봐 달라는 집에서는 마당을 오가는 닭 한 마리라도, 그마저 없으면 부엌에 들어가 놋숟가락이라도 집어 왔다. 그런 아버지를, 어떤 사람들은 왜놈 다 되어 간다며 손가락질했다. 조안이 보기에도 아버지는 전당포 주인 야마다의 눈에 들기 위해 애썼다.

'이렇게 안 하면 네 어미 약값은 누가 벌고?' 그런 말로 변명 아닌 변명을 하곤 했지만 극성스러워 보이는 건 사실이었다. 그래서 눈치를 보다가 조안은 얼른 말했다.

'비행사가 되기만 하면, 돈도 벌 수 있어요. 더 이상 가난하게 살지 않아도 되고, 엄마도 양의洋醫가 본다는 병원에 데려가 치료 받게 할 수 있을 거예요.'

하지만 무슨 의미인지 아버지는 그 말이 채 끝나기도 전에, 아니 끝난 다음에도 한참 동안 고개를 저어 대기만 했다.

'아버지, 제가 열심히 도울게요.'

보다 못한 누나가 나섰다. 하지만 아버지는 그때까지도 고개를 저어 대다가 숟가락으로 밥상 한쪽을 탁 내리친 다음 말했다.

'그만 하거라. 괜히 가슴에 바람 들지 말고……. 소학교를 가르쳐 놨으니, 글은 읽고 쓸 줄 알 테지? 돈이나 벌어라. 내가 야마다 상한테 일자리를 알아보마. 아라와시? 왜놈 군인이 돼서 누구한테 총질하려고? 아니지. 그 전에 개죽음이라도 당할지 누가 알아?'

그즈음에서 조안은 다시 한번 용기를 냈다.

'저는 군인이 되려고 비행병학교에 가려는 게 아니에요. 저는 다만……'

'네가 아무리 잘나고 똑똑해도, 하고 싶은 걸 다 할 수 있는 세

상이 아니야. 왜냐고? 너는 조선 사람이니까!'

'아버지!'

'비행사라니? 왜놈들의 총알받이가 되겠다고? 너 스스로 놈들을 위해 목숨을 내놓겠다는 말이냐?'

부산으로 가는 열차 안에서도, 일본으로 건너가는 관부 연락선 안에서도 조안의 귓가에는 끊임없이 아버지의 목소리가 쫓아왔다. 아무리 버둥거려도 아버지의 목소리는 쉽게 누그러들지 않았다. 그때마다 아니라고 고개를 저어 댔지만, 아버지의 비웃음은 끊임없이 계속되기만 했다.

그런데 그즈음에서 조안은 생각을 억지로 걷어 내야 했다. 이상한 생각이 들었다. 엄마의 기침 소리가 들리지 않았다. 엄마가 누워 있을 사랑방 쪽을 유심히 쳐다보면서 귀를 기울였다. 하지만 아무리 그러고 있어도 엄마의 기침 소리는 들리지 않았다. 그바람에 조안은 자신도 모르게 문을 살짝 밀었다.

조안은 숨을 죽이고, 마치 남의 집에 들어서듯 안으로 조금 들어갔다. 그리고 찬찬히 안방 문 앞을 기웃거렸다. 아무런 기척도 느껴지지 않았다. 아버지가 이런 시간에 집에 돌아올 리가 없었다. 조안은 자신도 모르게 고개를 끄덕이고, 신발을 벗지 않고 무릎으로 툇마루를 짚고 사랑방 쪽에 귀를 기울였다. 그쪽마저도 조용했다.

'의원에라도 모시고 간 걸까?'

고개를 갸웃거리면서 조안은 뒤로 물러 나와 바로 섰다. 그때 뒤쪽에서 인기척이 느껴졌고, 곧바로 낯익은 목소리가 들렸다.

"동주……. 동주니?"

순간, 조안은 우뚝 멈춘 채로 가만히 서 있었다. 누나였다. 돌아보지 않아도 알 수 있었다. 이 집에서 어릴 때부터 불렸던 이름을 이토록 다정하게 불러 준 사람은, 엄마와 누나뿐이었다.

"동주, 맞지?"

몸에 익은 손길이 어깨를 붙잡았을 때, 조안은 몸을 돌렸다.

"도, 동주야!"

누나가 조안을 끌어안았다. 그러고는 얼굴을, 팔을, 어깨를, 가슴을 쓸어내렸다. 무사했구나, 잘했어, 라는 말들을 쏟아 놓으면서.

조안은 한참 동안 누나의 손길에 몸을 맡겼다. 누나는 젖어 있는 조안의 옷 구석구석을 빠짐없이 어루더듬었다. 젖어 있던, 그래서 몹시 시렸던 몸이 금세 따뜻해졌다. 그제야 조안은 용기를 내서 물었다.

"그런데 엄마는?"

순간 누나가 손길을 멈추고, 조안에게서 두어 걸음 물러났다. 누나의 얼굴이 갑자기 일그러졌다. 그러더니 아무 말도 하지 못했다. 이상한 생각이 들어서 조안은 다시 물었다.

"누나, 엄마는……?"

그래도 누나는 여짓거리기만 할 뿐 대답하지 않았다. 그래서 조안은 누나의 눈을 똑바로 쳐다보았다. 누나의 눈에 금세 눈물이 고였다.

*

한참 동안 울었다. 어금니를 물고 주먹을 쥔 채, 방바닥을 쥐어뜯으며 눈물만 흘렸다. 소리를 내서 우는 것조차 미안해서였다. 하필이면 가장 먼저 '그 돈이 어떤 돈인 줄 알아? 네 어미 약값이고, 의원에 데려가려고 모아 놓은 돈이란 말이다!'라고 소리치며 뒤쫓아 오던 아버지의 말이 떠올라서였다. 그래서 조안은 입속으로 중얼거렸다.

'나 때문이야. 내가 비행병학교에 가지만 않았어도……'

그러면서 또 울었다. 누나가 토닥거렸지만, 고개를 들어 누나의 얼굴을 쳐다볼 수도 없었다. 그런 조안을 끌어안고 누나도 함께 울었다.

울음을 멈춘 것은 조금 더 시간이 지나서였다.

누나는 내일 무덤에 가서 실컷 울자고, 당숙(아버지의 사촌 형제) 덕분에 구파발 어느 양지바른 언덕에 묻었다며 억지로 미소를 지었다. 하지만 조안은 그런 누나를 보며 고개를 저었다. 8시까지 돌아가야 한다고 말했다. 그러자 누나는 잠시 멍한 표정을 짓더니, 고개를 저었다. 믿기지 않는다는 표정이었다.

그래서 머릿속에서 떠올렸던 그대로 말했다.

"본토로 귀환하라는 명령에 따라 다른 동료들과 함께 이동하는 수송기를 탔는데, 기상이 악화되는 바람에 긴급히 여의도 비행장에 내렸어. 어차피 하루 이틀에 기상이 좋아질 것 같지 않아 며칠간 머무르게 되었지. 다행히 나를 잘 봐주던 소대장이 몇 시간 외출을 허락했어."

누나는 정말이냐고 몇 번이나 되물었다. 조안은 어쩔 수 없이 고개를 끄덕였다.

누나는 조금 더 머뭇거린 다음, 벌떡 일어났다. 그러고는 저녁 밥이라도 지어 주겠다며, 부리나케 부엌으로 나갔다.

누나가 밖으로 나간 사이에 조안은 혼자 방 안에 남아 또 울었다. 경대 위에 올려놓은 빛바랜 가족사진을 끌어안고 자꾸 울었다. 눈물이 그치지 않았다. 천장을 보며 울고, 방바닥을 보며 울었다. 눈을 감아 보았지만 눈물은 연신 흘러내렸다.

한참의 시간이 지난 뒤에야, 조안은 긴 숨을 열댓 번이나 내쉬고 가까스로 눈물을 그쳤다. 그리고 그즈음, 누나가 들어왔다.

누나가 조안 앞에 바짝 당겨 놓은 밥상 위에는 산처럼 쌓인 흰쌀밥과 닭 한 마리가 한가운데를 차지하고 있었다. 갓 솥에서 건져 올린 듯 흰 닭살에서는 연신 김이 솟아올랐다. 그걸 보고 누나를 쳐다보았다. 누나는 그저 고개만 끄덕였다.

조안은 어디서부터 손을 대야 할지 알 수 없었다. 그렇게 머뭇거리자, 누나가 양푼에서 닭다리 하나를 꺼내 내밀었다. 조안은 얼결에 그것을 받아들고 덥석 물었다.

"맛있어!"

조안은 그렇게 말했지만, 아무런 맛도 느껴지지 않았다. 한참 울고 난 탓인지 씹는 것조차 어색했다. 그래도 웃으며 고개를 끄덕였고, 닭다리를 씹으며 흰쌀밥을 목구멍 안에 밀어 넣었다. 김치와 풋고추와 된장과 생선까지 억척스럽게 입안에 가득 담았다. 옆에서 누나가 마늘장아찌를 내밀면 받아먹었고, 손가락으로 집어 내민 총각무도 거침없이 받아 오도독오도독 씹었다. 그래야 할 것 같았고, 그래서 아무 생각 없이 다 받아먹었다.

문득 누나가 말했다.

"많이 먹어! 남김없이 모두! 또 언제 먹겠어. 나중에 비행사가 되어서 돌아오면 더 많이 해 줄……."

누나의 뒷말은 들리지 않았다. 거기까지 듣는 순간, 다시 설움 같은 것이 북받쳐 올랐다. 또 언제, 그 말이 목구멍을 콱 틀어막았다. 입안에 가득한 음식들을 목구멍 안으로 넘길 수가 없었다.

"괜찮아, 괜찮아."

누나가 등을 두드렸다. 물을 두어 차례 들이부은 뒤에야, 채 씹지도 않은 음식물이 겨우 쓸려 내려갔다. 더 이상 무얼 먹을 용기가 나지 않았다. 누나도 더 권하지 않았다.

조금 더 시간이 지나서 누나가 머뭇거리다가 입을 열었다.

"꼭 가야 하는 거니?"

조안은 누나를 쳐다보았다. 그리고 한동안 피하지 않고, 누나를 마주 보았다. 잠깐 생각해 보았다.

'정말 돌아가지 않으면 어떻게 될까?'

혼자 그렇게 묻고 나자, 자신도 모르게 한숨부터 나왔다. 이토 준야에게는 호기롭게 말했지만, 조안에게는 그럴 용기가 없었다. 어쩌면 이토 준야도 그걸 알고 자신 있게 말했을 거였다.

조안은 한참 만에 고개를 끄덕였다. 미소까지 지어 보였지만, 누나는 금세 실망하는 표정이었다. 그래서 조안은 얼른 말했다.

"조금만 열심히 하면 정식으로 비행사가 될 수 있어. 지금은 비록 정비병이지만……. 기회가 올 거야. 일 년에 한 번씩 정비병들에게 기회를 주거든. 시험을 보게 해서……."

조안은 있지도 않은 말을 횡설수설 둘러댔다. 그리고 도리어 누나의 손을 힘주어 잡았다.

그런데 그때 갑자기 누나가 주머니에서 무언가를 꺼냈다. 여러 번 접은 종이쪽지였다. 꽤 오래 가지고 다녔는지 네 귀퉁이가 닳아 있었다. 조안은 그것을 받아 펼쳤다.

아!

조안은 자신도 모르게 탄성을 내뱉었다. 그것은 뜻밖에도 조안이 오래전에 본정통 전봇대에서 뜯어 품에 간직했던, 바로 그 광고지였다. 밥상머리에서 아버지가 구겨서 내던졌고, 누나가 주워

들었던 기억이 선명했다. 비행복을 입은 조종사의 흑백사진을 몇 번이나 쓰다듬었던 기억도 떠올랐다.

"누나, 이건……?"

"기억나지? 네 생각날 때마다 꺼내 봤어. 보면서 우리 동주도 곧 이렇게 멋진 아라와시가 되겠구나 했지."

조안은 뭐라 대꾸할 수가 없었다. 어금니를 꽉 깨물 뿐이었다. 누나는 말을 이었다.

"그런데 요즘 이상한 소문이 돌아. 연합군이 도쿄를 계속 폭격하고, 무슨 섬을 점령했대. 곧 일본이 패망할 거라던데? 넌 괜찮은 거니?"

그 말에 조안은 무의식적으로 고개를 끄덕였다. 그러면서 괜찮다고 말했다. 하지만 입속으로는 '나도 무서워'라고 주억거리고 말았다. 하지만 그것을 알 길이 없는 누나가 굳은 얼굴을 조금 펴며 되물었다.

"정말이지? 소문에는 비행사가 탄 비행기를 미군 배에 부딪치게 한다던데? 난 혹시라도 네가……."

"누나, 나는 정비병이야!"

"정비병은 괜찮은 거야?"

"괜찮고말고! 정비병이 무슨 비행기를 몰아."

"그럼 계속 정비병만 해. 아라와시 안 해도 돼. 네가 무사히 돌아오기만 하면 돼. 알았지?"

"누나!"

"아, 알았어. 어서 밥이나 더 먹어. 남기면 안 돼! 또 언제 볼지 모르는데."

그 말에 조안은 고개를 끄덕였다. 그리고 누나 말대로 흰쌀밥을 한 숟가락 푹 떠서 입에 넣었다. 그러나 씹기가 힘들었다. 자꾸만 눈물이 나올 것 같아서였다. 조안은 겨우겨우 우물댔고, 누나가 찢어 놓은 닭다리를 뜯어 입안에 꾸역꾸역 넣었다. 그걸 지켜보는 누나에게 바보 같은 미소를 지어 보이면서.

숭늉까지 마시고 조안은 일어났다. 어느새 시계가 7시를 넘어서고 있었다. 제시간에 돌아가려면 서둘러야 할 것 같았다.

"동주야!"

누나의 목소리가 아까보다 더 떨렸다. 조안은 잠시 방문 앞에 섰다. 그러자 누나는 무슨 말을 하려는지 입술을 여짓거렸다.

그러는 동안, 어느새 내리기 시작했는지 밖에서 빗소리가 들려왔다.

"꼭 가야 해? 안 가면 안 돼?"

누나는 아까와 똑같은 말을 했다. 이번에는 금방이라도 울음을 터트릴 것만 같은 표정을 지으며, 누나는 조안의 손을 붙잡았다. 그리고 한 손으로는 조안의 얼굴을 쓰다듬고 옷매무새를 고쳐 주고, 팔을 토닥이고, 가슴을 쓸어내렸다.

"누나……"

조안은 나지막이 누나를 불렀다. 어차피 가야 한다면 빨리 돌아서는 게 낫다는 생각이 들어, 누나의 손을 떼 내려 힘을 주었다. 하지만 누나는 조안의 손을 놓지 않았다. 그래서 다시 입속으로 말했다.

'내가 돌아가지 않으면 누나와 아버지가 위험해.'

그 말을 듣기라도 한 걸까? 누나는 하는 수 없다고 생각했는지 조안의 손을 놓았다.

바로 그때였다. 빗소리를 뚫고 어디선가 노랫소리가 들렸다.

"황성 옛터에 바아아암이 되애애니이, 월색만 고오오오오요해, 폐허에에에 스른 회포를……."

틀림없이 아버지였다. 음정도 박자도 맞지 않는 그 노랫소리가 차츰 더 가깝게 다가왔다. 술에 푹 담가진 듯한 아버지의 목소리가 허리를 껴안는 기분이 들었다.

순간, 누나가 조안의 손을 잡으며 빤히 쳐다보았다. 어떻게 할래? 그런 눈빛이었다. 아버지를 보고 갈 거냐는 뜻이었다. 그래서 조안은 얼결에 고개를 저었다. 자신이 없었다.

조안은 얼른 방문을 열고 나섰다. 신발을 꿰어 차고, 재빨리 밖으로 나갔다. 그리고 노랫소리가 넘어오는 골목 반대편으로 달아나듯 뛰었다.

"동주야!"

누나가 소리를 높이며 손을 뻗었다. 그때 누나의 등 너머로 비틀거리는 아버지의 모습이 눈에 들어왔다. 고개를 숙인 채 이리 저리 몸을 흔들며 걷는, 금방이라도 넘어질 것만 같은, 한없이 작아 보이기만 하는. 조안은 그런 아버지의 모습을 눈에 가득 담고 돌아서서 뛰었다.

'미안해요.'

속으로 중얼거리면서 조안은 달렸다. 뒤 한번 돌아보지 않고 재빨리 뛰었다. 거친 빗줄기가 얼굴을 때렸다. 그리고 재빨리 골목 한 귀퉁이로 몸을 숨겼다.

그런데 바로 그때, 모퉁이 안쪽에서 누군가와 부딪쳤다.

"어억!"

조안은 옆으로 넘어졌다. 한쪽 무릎과 팔꿈치가 심하게 아팠다. 얼른 몸을 추스르고 돌아보았다.

아!

뜻밖에도 거기에 다카하라가 서 있었다. 갑자기 숨이 탁 막혀 왔다.

# 07. 황성 옛터에 밤이 되니

*

끼익, 끼이이익!

쇳소리처럼 날카로운 소음이 귀를 찢었다. 그와 함께 비행기가 좌우로 심하게 흔들렸다. 조안은 직감적으로 바퀴의 수평 유지 장치에 이상이 있을지도 모른다는 생각이 들었다. 평소보다 소음이 컸고, 비행기가 한쪽으로 지나치게 쏠리며 활주로에 닿았기 때문이다.

물론 비행기는 곧 균형을 되찾았고, 어둠이 내리기 시작한 활주로를 미끄러져 갔다. 유도로를 따라 양옆에 아스팔트를 태워 만든 유도등(밤에 착륙하는 비행기가 육안으로 활주로를 찾을 수 있도록 유도로를 따라 켜 둔 등)이 횃불처럼 타오르고 있었다.

유도등이 처음엔 빠르게 스쳐 지나다가 나중에는 느릿느릿 지나갔다. 멍하니 그 모습을 바라보고 있자니, 어느 무렵부터 더 이상 움직이지 않았다. 그때쯤 비행기도 멈추었다. 조안은 멈춘 불꽃을 가만히 바라보고 앉아 있었다.

'결국 다시 돌아왔구나! 수십 번 하늘을 날아다닐 동안 도망치지도 못하고……'

조안은 자신도 모르게 중얼거렸다. 그러고는 화들짝 놀라 사방을 두리번거렸다. 서서히 멈춰 서는 비행기 안에 자신밖에 없음을 확인하고 조안은 긴 숨을 몰아쉬었다. 마치 나쁜 짓을 하다가 들킨 기분이었다. 얼굴마저 붉어졌다.

그런데 그 순간, 아버지의 목소리가 떠올랐다. '네놈 스스로 왜 놈들을 위해서 죽으러 가겠다는 거야?' 그렇게 타박하던 아버지의 모습이 떠올라 조안은 어금니를 꾹 물었다. 그리고 또 생각에 잠겼다.

'정말 아버지는 이 모든 사실을 알고 있었던 걸까?'

그렇게 묻고 조안은 얼결에 설마, 라고 주억거리면서 고개를 저었다.

그때쯤 비행기가 완전히 활주로에 멎었고, 요란한 발자국 소리가 들렸다. 잠깐 사이에 조종석 뚜껑이 열렸다. 돌아보니 정비병이었다.

"급상승해 보셨습니까? 고도계에 이상은요? 앞쪽 프로펠러는 정상적으로 작동합니까?"

정비병은 조안이 자리에서 일어나자 거듭 물었다.

"나쁘지 않았어. 그런대로……"

정비병은 눈을 반짝거리면서 물었지만, 조안은 성의 없게 대답했다. 솔직히 관심이 없었다. 급강하 훈련과 상승 훈련, 그게 다 무슨 소용인가 싶었다. 몇 번이나 더 훈련을 하게 될지 모르겠지만, 조금 이상이 있더라도 특공에는 지장이 없을 테니까.

정말 그랬다.

지란에 도착한 지 보름이 지났지만, 그 사이에 있었던 열한 번의 훈련은 모두 급강하 훈련과 상승 훈련뿐이었다. 이게 무슨 비행 훈련인가 싶을 정도로 지루하고 따분했다. 그 때문에 아주 잠깐씩이긴 하지만, 차라리 빨리 특공 명령이 떨어졌으면 하는 생각이 들 때도 있었다. 물론 그러다가 그게 무슨 의미인지 깨닫는 순간, 온몸이 부르르 떨리곤 했지만.

조안은 날개를 밟고 땅에 내려섰다. 그런데 이번에는 땅에 서 있던 비행병 하나가 기다렸다는 듯이 경례를 올려붙였다. 이쿠다 조코였다. 녀석은, 조안이 지란에 도착하고 나흘이 지났을 때, 막 새로 배치되어 온 소비 출신의 신참 비행병이다. 조안이 거수경례로 답하자 녀석은 반지랍게 생긴 얼굴로 미소를 지으며 쫓아왔다.

"우익(오른쪽 날개) 쪽에 혹시 문제가 있습니까? 착륙할 때 불균

형이 심해 보였습니다."

녀석의 눈썰미가 보통이 아니라는 생각이 들었다. 하지만 조안은 고개를 저었다.

"별거 아니야. 그나저나 오늘도 야간 비행이 있을 모양이지? 아직 해도 지지 않았는데, 벌써부터 유도등을……."

"그런 모양입니다. 연합군이 재차 도쿄를 공습한다는 정보 때문이라는 말도 있고요. 나쁜 놈들!"

"도쿄를?"

"네. 3월 대공습 때보다 그 규모가 훨씬 클 거라는 소문이 돌고 있습니다."

이쿠다 조코는 그 말을 하면서 주먹을 쥐었다. 이토 준야에게 들은 말이라 그다지 놀랍지는 않았지만, 그래도 소문이 반복된다는 건 좋은 조짐이 아니었다. 게다가 지란은 적어도 칭다오보다는 소식이 빠르고 정확했다. 칭다오는 본토와의 거리 때문에 소식이 늦었다. 물론 장교들이 일부러 바깥 소식을 차단하는 경우도 많았다. 라디오 주파수도 잘 잡히지 않아 보급품을 전하러 오는 수송기의 비행사들로부터 소식을 전해 들을 정도였다.

"그런데 여긴 왜 나왔어?"

조안은 잔뜩 굳은 표정을 하고 있는 이쿠다 조코에게 물었다.

"이토 소대장님께서 쫓아다니며 배우라고 하셨습니다."

"감시하라고 한 건 아니고?"

"네……?"

"아니야. 아무튼 너무 열심히 하지 마. 비행기 빨리 타서 좋을 거 없잖아."

조안은 곧바로 자신이 한 말을 후회했다. 이토 준야에게 섭섭한 마음을 공연히 이쿠다 조코에게 내뱉은 것 같아서 미안한 마음마저 들었다. 하지만 빨리 비행기를 타서 좋을 게 없다는 건 진심이었다. 고작 만 14세에 특공이라니!

처음 이쿠다 조코를 보고 조안은 깜짝 놀랐다. 아니, 조안만이 아니었다. 그날 훈련 대기 중이던 대부분의 비행사도 고개를 내저었다. 아무리 봐도 새로 부대 배치를 받아 온 22명의 비행병들은 어려도 너무 어렸다.

그들을 보고 비행사들은, 이젠 어린아이들까지 전쟁에 내보내겠다는 거야? 라든가, 정말로 일본군이 막다른 골목에 다다른 건가 보네, 라는 말들을 하면서 어이없어했다. 나중에 듣고 보니, 학도병 지원자 가운데 갑종(2차 대전 말기, 일본군이 부족한 조종사를 육성하기 위해 개설한 6개월 단기 속성 과정 비행학교)을 막 졸업한 비행 훈련병이 대부분이었다. 그들은 훈련기 한 번 타 본 일이 없었으며, 조종석에 앉아 볼 기회도 없었다고 했다. 그러니 비행사들이 하는 말도 무리가 아니었다.

그러나 조안은 그들의 말에 고개를 끄덕이다가 금세 허탈해졌다. '도대체 누가 누굴 보고 어리다고 하는 거야? 자기들도 고작해

야 열여섯 살이거나, 많아야 열여덟, 열아홉이면서!'

물론 이토 준야는 그들에게도 전부 예외 없이 비행 훈련을 시켰다. 다만 하루가 멀다 하고 쏟아져 들어오는 신입 비행병들을 전부 감당할 수가 없었던지, 이토 준야는 선임 비행사들에게 하나씩 맡겨 직접적인 조종 훈련 외의 교육을 맡겼다.

"하지만 저는 하루빨리 비행기를 타고 특공에 나가고 싶습니다. 그게 조국을 지키고 천황 폐하의 은덕에 보답하는 일입니다."

그 말에 조안은 가던 걸음을 멈추고 우뚝 섰다. 아무래도 녀석이 몸 달아하고 있다는 생각이 들었다. 그래서 말했다.

"너……, 그게 무슨 뜻인지 알고 있나? 그건 죽겠단 뜻이야. 네가 죽으면 슬퍼할 사람들을 생각해 봤어? 엄마와 네 가족들은? 친구들은?"

목소리가 높아서 조안 자신도 적잖이 놀랐다. 그러나 멈춰지지는 않았다. 그런 조안이 뜻밖이었던지 이쿠다 조코는 대꾸하지 않고, 조안을 잠시 쳐다보더니 말했다.

"바로 그들을 위해서 특공에 나가겠다는 것입니다. 천황 폐하의 은혜로 그 영광스러운 길을 갈 수만 있다면 더할 나위 없이 기쁠 것입니다."

이번에는 할 말을 잃고 말았다. 미친놈! 조안은 입속으로 중얼거렸다. 그리고 문득 생각난 게 있어서 물었다.

"그나저나 너는 다카하라를 따라다녔던 것 같은데?"

"어제까지는 그랬습니다. 하지만 이제부터 조안 하사님을 따라 다니며 배우기로 했습니다."

"이제부터라니?"

"사실 저는 다카하라 하사님을 존경합니다. 다카하라 하사님은 그 누구보다 대일본제국에 대한 충성심이 깊고, 또한 천황 폐하 의……."

"그래서?"

조안은 그 뒷말을 듣기가 싫어 이쿠다 조코의 말을 끊었다.

"다카하라 하사님은 내일 특공조에 뽑히셨습니다. 그래서 이제 내일부터는……."

"그게 사실이야?"

일부러 그럴 생각은 아니었는데 조안은 이번에도 이쿠다 조코 의 말을 자르고 되물었다.

"사실입니다. 17시경에 비행사 대기실에 특공 명령서가 붙었습 니다."

이쿠다 조코의 말에 조안은 자신도 모르게 비행사 대기실 쪽 으로 몸을 틀었다. 그리고 서둘러 걸음을 옮겼다. 하지만 조안은 고작 스무 걸음쯤 걷다가 멈추었다. 딱히 그래야 할 이유가 없었 다. 녀석과 긴밀한 사이도 아니고, 도리어 녀석은 여의도 비행장 에 내렸을 때 자신을 미행까지 하지 않았던가?

그때 다카하라는 조안과 눈이 마주치자, 마치 아무 일도 아니라는 듯이 넘어져 있는 조안을 잠시 내려다보더니 유유히 골목을 빠져나갔다. 조안은 뒤미처 다카하라를 쫓아가 무슨 짓이냐고 물었지만, 그는 한마디도 하지 않았다. 이토 준야가 시켰냐고 다그쳤지만 마찬가지였다. 그러나 짐작이 되었다.

'만약에 내가 돌아가지 않을 낌새라도 보이면, 다카하라는 이토 준야에게 보고할 거고, 그럼 이토 준야는 헌병대에 연락해 가족들이라도 붙잡아 가두었겠지.'

조안은, 그게 맞을 거란 생각이 들었다. 그렇지 않고서야 일부러 미행했을 리는 없다. 그 때문에 조안은 이토 준야의 그런 비열한 짓에 화가 났다.

하지만 조안은 여의도 비행장으로 돌아가 이토 준야에게 화를 내지 않았다. 다만 물었다.

'말씀하신 대로 돌아왔습니다. 소대장님이 이기셨네요. 그런데 미행까지 붙이신 걸 보면, 꽤 자신이 없으셔나 봅니다.'

그 말에 이토 준야는 짐짓 고개를 갸웃거렸지만, 그 이후로 조안은 이토 준야와 말을 섞지 않았다. 그런 조안에게, 이토 준야도 구태여 더 묻지 않았다.

짧은 생각을 걷어 내고, 다시 고개를 돌려 옆에 바짝 붙어 따라오는 이쿠다 조코를 쳐다보았다. 무슨 말인가를 하려고 입을 움찔거렸지만 말이 나오지 않았다.

'너, 이 새끼! 다카하라가 내일 특공에 나가 죽을 거니까, 이젠

나를 따라다니며 배운다고?'

그런 말을 주억거렸지만, 내뱉지는 못했다.

*

정말로 알 수 없는 일이었다. 발걸음이 공연히 무거웠다. 다카하라가 특공 명단에 올랐다는 사실이 자꾸만 되뇌어졌다. 그는 그냥 수많은 비행사 가운데 특공을 명령받은 한 명의 비행사일 뿐이다. 지란에 온 날부터 지금까지 여섯 차례의 특공이 있었고, 모두 32명의 비행사가 돌아오지 못했다. 칭다오에서 그랬던 것처럼 비행사 대기실에는 갈수록 비행사들의 위패가 늘어 갔다. 다른 이들이 그런 것처럼, 다카하라의 위패가 내일 그곳에 새로 걸릴 것이다. 물론 조안 자신의 위패도 머지않아 그곳에 놓여지리라는 것도 모르지 않았다.

그뿐이었다. 더구나 다카하라는 조안을 가장 미워하지 않았던가. 그런데 왜 어깨가, 그리고 발걸음마저 무거워야 한단 말인가? 이런 게 어른들이 말하는 미운 정이라는 건가? 그런 어처구니없는 생각에 조안은 자신도 모르게 고개를 저었고, 그즈음 발걸음은 어느새 비행사 대기실 앞에 이르러 있었다.

문 앞에서 조안은 우뚝 멈추었다. 낯익은 목소리가 흘러나왔다. 이토 준야였다.

"……맞다. 이곳 지란에 온 이후에, 칭다오에서부터 함께한 우리 비행사들이 이미 다섯이 떠났다. 그리고 내일 또 두 명의 비행사가 특공의 명을 받았다. 다카하라와 소라모토. 비록 먼저 떠나지만 우리는 언젠가 한곳에서 다시 만날 것이다. 우리는……."

조안은 문을 열고 안으로 들어갔고, 그 바람에 이토 준야의 말소리가 잠깐 끊겼다. 방 안에 있던 사람들의 시선도 이쪽으로 일제히 날아왔다. 조안은 고개를 앞으로 숙이고, 열댓 명의 비행사들 가장자리에 섰다. 얼핏 돌아보니, 칭다오에서부터 함께 지란으로 날아온 비행사들이었다.

이토 준야는 조안이 자리를 잡은 뒤에야 말을 이었다.

"우리는 군인이고 황국 신민이다. 그러므로 과연 이것이 슬퍼하기만 할 일인가를 생각하라!"

"노래를 부릅시다. 내가 다카하라와 소라모토에게 용기를 주기 위해서 〈무너뜨려라 미국 영국 우리의 적이다〉를 부르겠습니다."

이토 준야의 목소리가 끝나자마자 비행사 하나가 나섰다. 그러더니 곧바로 군가를 부르기 시작했다.


무너뜨려라 미국 영국 우리의 적이다

때가 왔다, 새벽 구름에 쩔러

거친 독수리 민첩히 날개 펼치면

대양 만 리 동쪽으로 서쪽으로

지금 울리는 이 전과戰果

나아가라 나아가라 무적의 항공대.


비행사들을 따라 어쩔 수 없이 한 손을 위아래로 흔들며 박자를 맞추긴 했지만, 조안은 아무런 생각이 들지 않았다. 지금 자신이 무얼 하고 있는지 모르겠다는 느낌만 머릿속에 가득했다. 그래서 기계적으로 팔을 흔들고, 그저 입술이 움직이는 대로 노랫가락을 뱉어 냈다.

"그다음은 제가……."

노래가 끝나자 또 다른 비행사가 나섰다. 그런데 그때 다카하라가 앞을 막았다.

"아닙니다. 이봐, 조안! 네가 한번 불러 보지."

다카하라의 말에 다른 비행사들의 눈초리가 일제히 이편으로 날아왔다. 다카하라는 알 수 없는 미소를 지으며 조안을 향해 다가왔다. 조안은 아무 말도 하지 못하고 다카하라를 쳐다보았다.

"왜? 너는 내가 먼저 특공에 나가니 기쁜가?"

도대체 이 무슨 이물스러운 말인가. 조안은 곧바로 소리를 쳤다.

"다카하라!"

"이봐, 조센진. 그래도 죽음을 맞이하러 가는 친구에게 노래 한 곡쯤은 선물할 수 있지 않나? 이를테면 이런 노랫가락 말이야."

그러더니 다카하라는 주머니에서 무언가를 꺼냈다. 꼬깃꼬깃

한 쪽지였는데, 곧 그것을 펼쳐 들더니 읽기 시작했다.

"……아아, 당신은 그곳을 아는가. 천 길, 만 길 바다 건너 레이 테만을 알고 있는가? 외로운 구름만 두둥실 떠다니는 레이테만은 어디쯤일까."

조안은 얼결에 고개를 갸웃거리며 다카하라를 쳐다보았다. 그런 중에도 다카하라는 무슨 연설이라도 하듯 억양을 조절하며, 표정을 바꿔 가면서 손에 든 쪽지의 내용을 읽었다. 조안은 외면했다. 창 쪽을 쳐다보았고, 다른 비행사들의 얼굴을 힐끗거렸다.

그러던 어느 순간, 조안은 머리끝이 쭈뼛 서서 다시 다카하라를 쳐다보지 않을 수 없었다. 다카하라는 곧 생소한 가락에 맞춰 노래를 부르기 시작했다.

"마쓰다 히데아키! 당신은 우리와 똑같은 조선의 청년, 황해도 해주에서 태어난 자랑스러운 가미카제 특공대원, 이 어찌 자랑스럽지 않으리오!"

그 소절을 부를 때 다카하라는 매서운 눈초리로 조안을 쳐다보았다. 하지만 그 때문이 아니라, 조선의 청년이라는 말 때문에 조안은 아랫입술을 깨물어야 했다.

다카하라의 어설픈 노랫가락은 계속 이어졌다.


우리 이천만 동포들이 한 푼, 두 푼 모아 만든
비행기를 타고 그대는 얼마나 멀리 하늘을 날았는가

기쁜 마음으로 온몸을 던져 고운 꽃잎처럼 부서졌으니

눈은 파랗고 코는 길쭉한 병정을 싣고 와서

대포를 쏘고, 폭탄을 퍼부으며 우리의 강산을 뺏으려는

저 영국 미국의 군함들을 그냥 볼 수 없었던가

그대의 작은 몸으로 그 거대한 항공모함을 깨뜨리고

마쓰다 오장伍長. 그대도 산산이 부서져 꽃으로 피어났는가.


거기까지 듣는데, 온몸에 소름이 돋았다. 순식간에 비행기와 함께, 군함과 함께 온몸이 산산조각 부서지는 상상이 머릿속을 훑고 지나갔다. 그러자마자 극심한 공포감이 몰려왔다. 자신도 모르게 몸이 파르르 떨렸다. 그런 모습을 들키지 않으려고 조안은 온몸에 잔뜩 힘을 줘야 했다.

잠깐 눈을 감았다. 그리고 누구에겐가 물었다.

'도대체 우리한테 왜 이래요? 난, 난 이러려고 여기에 온 게 아니란 말이에요.'

그럴 즈음 다카하라가 조안에게 다가왔다.

"이게 뭔지 알아? 조센진 시인이 쓴 시야. 네놈이 끽다점에서 찢어 버렸던 그 잡지책 한편에 쓰여 있더군. 〈마쓰다 오장을 찬미하며〉라던데, 들어 봤나? 마쓰다 오장이 알고 보니 조센진이었단 말이야. 레이테만에서 미군 함대를 향해 돌진하여 특공을 성공시키고 장렬하게 전사했지."

그 짧은 말에 조안은 여러 번 놀랐다. 다카하라가 자신을 빈틈없이 따라다녔다는 것, 저런 엄청난 시를 쓴 사람이 조선인이라는 사실, 그리고 다카하라가 그걸 적어 두었다가 읽었다는 사실. 아니 마지막 놀라움은, 그 이상이었다. 그 잡지는 틀림없이 조선말로 된 잡지였는데, 놈이 설마 조선말을 알고 있다는 건가?

하지만 조안은 곧바로 고개를 저었다. 더 이상은 궁금해하지 않기로 했다. 어차피 내일이 지나면 더 이상은 볼 수 없는 사람이 아니던가? 그래서 조안은 어금니를 꽉 문 채로 가만히 서 있기만 했다. 그런 조안에게 다카하라가 바짝 다가와 말했다.

"내일은 내가 마쓰다 오장이고, 모레는 네놈이 마쓰다 오장이다!"

칙살맞은 그 말에, 조안은 뭐라 대답할 수 없었다. 그런데 그때 이토 준야가 조안을 향해 말했다.

"조안, 너도 생각나는 노래가 있으면 해라!"

"네?"

반사적으로 대답하고 나서 조안은 이토 준야를 쳐다보았다. 그러나 조안을 무표정한 얼굴로 쳐다볼 뿐 별다른 말을 더하지는 않았다. 조안은 잠시 망설였다. 슬쩍 돌아보니, 비행사들이 모두 이쪽을 쳐다보고 있었다.

"무슨 노래든 괜찮습니까?"

조안은 겨우 용기를 내서 이토 준야를 향해 물었다. 그러자 그가 고개를 끄덕였다. 조안은 잠시 머뭇거렸고, 그러는 동안 비행사들은 조안을 힐끔거렸다. 한참 만에 입을 열었다.

황성 옛터에 밤이 되니 월색만 고요해
폐허의 설운 회포를 말하여 주노나
아, 외로운 저 나그네 홀로 잠 못 이뤄
구슬픈 벌레 소리에 말없이 눈물져요.

중간에 다카하라가 종주먹을 대며 소리를 질렀다. '감히 여기가
어디라고 조선말로 노래를 불러?'라고. 그러더니 달려올 기세였는
데, 이토 준야가 막아서는 바람에 그는 멈춰 서서 두 눈을 부라렸
다. 그러고는 무엇이 그리도 분한지 씩씩대면서 밖으로 나갔다.

뒤이어 몇몇 비행사들도 따라서 나갔다. 가장 마지막에 남은
사람은 이토 준야였다. 조안은 그 노래를 부르며 아버지를 생각
했고, 눈으로는 이토 준야를 똑바로 쳐다보았다. 참으려 했지만,
기어코 눈물이 났다. 조안은 눈물이 그칠 때까지 노래를 부르고
또 불렀다. 결국 혼자 남은 방 안에 노래가 눈물과 함께 오래 발
밑에 고였다.

*

밤이 이슥하도록 악몽을 꾸느라 잠을 설쳤다. 칭다오에 있을

때, 폭격을 퍼붓던 B-29가 쫓아왔고, 그걸 피하느라 쉼 없이 뛰었다. 그러다가 어딘가 뛰어들어 숨었는데, 조종석이었다. 무엇 하나 건드린 것도 없었지만 비행기가 움직였고, 곧 하늘을 날았다. 바다가 펼쳐졌다 싶었는데, 그 위에 수많은 배가 떠다녔다. 그 위로 제로센이 하나씩 낙엽처럼 떨어졌다. 조안도 추락하기 시작했다. 어떻게든 달아나려고 조종간을 당겨 올렸지만, 말을 듣지 않았다. 어느새 미군 항모의 포신이 일제히 이쪽을 향했다. 조안은 그쪽을 향해 돌진해 갔다. 바로 그때, 포를 쏘아 대는 미군 병사의 얼굴이 보였다. 아니, 더 가까이 다가가자 다카하라였다. 그가 말했다.

'어서 와, 조안! 내가 네놈을 떨어뜨려 줄게.'

그 말이 끝나기 무섭게 수많은 포탄이, 그리고 빗발 같은 기관총탄이 눈앞에서 작렬했다.

그와 함께 조안은 비명을 지르며 깨어났다. 하지만 눈을 뜨고 난 뒤에도 한동안은 정신을 차릴 수가 없었다. 총탄이 날아오는 장면이 너무나 생생해서 자신도 모르게 도망치듯 벽 쪽으로 물러나야 했다.

조금 더 시간이 지난 뒤에야 정신이 맑아졌다. 그제야 조안은 이마에 맺힌 식은땀을 닦았다. 그리고 주위를 돌아보았다. 가장 먼저 은빛의 네모난 창이 보였다. 하지만 그걸 확인하는 순간, 조안은 깜짝 놀랐다. 그 아래 희미한 그림자가 보인 탓이었다.

처음엔 그가 누구인지 알 수 없었다. 그러나 조금씩 밝아지는 네모난 창 아래 드러난 그림자의 주인은 다카하라였다. 그는 한 폭의 그림처럼 조금도 움직이지 않고 은빛의 네모난 창을 한없이 바라보고 있었다.

조금 더 시간이 지났을 때, 조안은 다시 한번 당황했다. 뜻밖에도 다카하라는 비행복을 완전하게 갖춰 입은 채 침상 끝에 걸터앉아 있었다. 조안은 그를 한참 동안 지켜보았다. 이편저편의 침상 어디선가 부스럭거리는 소리가 들리고, 마침내 바깥에서 기상나팔 소리가 들려올 때까지.

그때가 되어서야 다카하라는 조용히 일어났다. 그러더니 역시 창을 바라본 채 크게 숨을 내쉬고, 이쪽으로 고개를 돌렸다. 동시에 조안과 눈이 마주쳤다. 다카하라는 잠시 머뭇거리는 듯하더니, 이편으로 걸어왔다. 조안은 그의 시선을 외면하지 않았다. 어쩌면 마지막이라는 생각이 들어서였는지도 몰랐다.

오늘따라 흘끔해 보이는 다카하라는 조안을 쳐다보았다. 그런데 그때, 조안은 다카하라의 눈빛이 유난히 반짝이는 것을 보았다. 설마, 하는 생각이 스쳐 갔다. 하지만 더 이상 무엇을 추측하기도 전에, 다카하라는 조안을 지나쳐 문 쪽으로 걸어 나갔다. 어깨가 무거워 보였다.

조안은 침상에서 일어났다. 그리고 모포를 개키고 얼른 군복으로 갈아입었다. 그때쯤 몇몇 비행사들이 먼저 일어나 내무반을 나섰다. 하지만 조안은 다시 침상에 주저앉았다. 그런 채로 한동안 가만히 앉아 있었다.

결국 내무반에 단 한 사람도 남아 있지 않을 때, 조안은 일어났다. 하지만 문 쪽으로 나서려다 멈칫, 하고는 돌아섰다. 그리고 찬찬히 걸어 다카하라의 침상으로 다가갔다. 내가 왜 이러는 걸까, 싶으면서도 조안은 조금 전까지 다카하라가 앉아 있던 침상 위를 손으로 쓸어내렸다. 아직까지 온기가 남아 있었다.

조안은 다카하라가 새벽녘에 바라보던 창을 쳐다보았다. 놈은 저 창으로 무엇을 보았을까? 조안은 그런 생각을 잠깐 했고, 곧 일어났다.

바깥의 하늘은 구름이 많았지만, 흐린 정도는 아니었다.

조안은 유도로 한쪽에 마련된 출정식 단상을 향해 걸어갔다. 단상 옆 높은 게양대 위에는 일장기가 여린 바람에 너붓거리고 있었다.

단상 바로 앞으로는 특공 명령을 받은 비행사들이 늘어섰고, 나머지 비행사들이 그 뒤에 섰다. 조안도 그들 틈에 슬쩍 끼어들었다.

잠시 후 출정식이 시작되었고, 비행사들은 서로 엇박자를 내며 군가를 불렀다.


적의 항구에 살며시 다가가

숨어 전함을 가라앉히겠다고
가슴에 품은 잠항정
심혈을 기울인 것이 여러 해다
삼가 우러른 폐하의 말씀
실력을 시험할 때가 오기 전부터
각오가 가득한 태평양
물에 젖은 시체로 흩어지리라.


조안의 곁에 서 있던 병사들도 한둘 따라 부르기 시작했다. 딴에는 비장한 얼굴로, 눈에, 미간에, 이마에 잔뜩 힘을 주고서. 〈아아, 특별공격대〉는 그렇게 또 몇 소절을 이어 나간 다음, 끝났다. 군가가 끝날 때까지 조안은 주먹을 꽉 쥔 채 온몸을 떨어야 했다. 그런 채로 고개를 숙이고 오래도록 머리를 흔들어 댔다.

그렇게 또 얼마나 시간이 지났을까?

쨍그랑!

술잔이 깨지는 소리가 들렸다. 그건 출정식의 마지막 의식이 끝났다는 뜻이었다. 비행대장이 나누어 준 마지막 술잔을 바닥에 던져 깨뜨림으로써 출정을 알리는 것이었다. 이상하게 그 장면은, 보면 볼수록 낯익지가 않았다. 어쩌면 그것이 살아 있는 동안 마지막으로 먹는 음식이라서 그럴지도 몰랐다. 조안은 자신이 마치 그걸 마신 사람처럼 쓴침을 삼켰다.

그때, 늘어서 있던 병사들이 양옆으로 비켜서며 길을 만들었다. 곧 특공 명령을 받은 비행사들이 그 길을 따라 지나갔다. 나머지 비행사와 병사들은 특공 비행사가 제 앞을 지나가자 손을 들어 경례했다.

곧 다카하라가 조안의 앞을 지나갔다. 고개를 떨어뜨리고 걷던 다카하라는 조안 앞에서, 아침에 그랬던 것처럼 잠시 머뭇거리는 듯하더니 지나갔다. 조안은 다른 병사들이 그런 것처럼 손을 들어 경례를 했다. 그런 조안을 다카하라는 한 번 더 쳐다보더니, 눈을 깜빡거렸다. 그때, 조안은 다시 한번 보았다. 그의 눈가에 이슬처럼 반짝이는 빛!

14명의 특공 비행사가 모두 지나갔다. 경례를 하고 있던 병사들은 그들의 뒤를 따랐다.

비행기가 늘어선 활주로 끝에는 못해도 백여 명의 민간인이 늘어서 있었다. 그들은 일장기를 흔들었고, 벚꽃이 머리 위에서 흩날렸다. 기모노를 입은 여학생들이 앞에 섰고, 그 뒤로도 많은 사람들이 환호성을 질렀다.

조안은 더 이상 걸을 수가 없었다. 곧 자신이 겪을 일이라는 생각 때문은 아니었다. 돌아오지 못할 비행사들을 생각하니 슬퍼서도 아니었다. 조안은 사람들의 그 환호성을 이해할 수가 없었다. 무슨 괴물의 비명 소리처럼 들렸다. 그래서 조안은 그 자리에 서서 귀를 막아야 했다. 그런 자신이 조금 이상하다는 생각이 잠깐 들기도 했다. 하지만 어쩔 수가 없었다. 더 이상 한 걸음도 앞으로 나아갈 수가 없었다.

곧 비행사들이 조안의 어깨를 스치고 지나갔다. 특공 비행사들을 따르는 무리는 마치 장례 행렬 같다는 생각이 들었다.

어릴 때, 장례 행렬을 본 적이 있었다. 만장을 휘날리며 상여가 앞서고, 그 뒤를 따라가며 곡哭을 하는 사람들. 슬프지도 않으면서 슬픔의 노래를 하는 이상한 사람들. 지금도 그 모습과 크게 다르지 않다는 생각이 자꾸만 들었고, 더불어 그런 생각을 하는 자신도 이상하기는 마찬가지였다.

조금 더 시간이 지난 뒤, 조안은 한쪽 유도로에 혼자 남았다. 잠깐 동안 꽃과 일장기가 펄럭이며 환호성이 더 심해지는가 싶었는데, 곧 첫 번째 비행기가 날아올랐다. 그러자 함성은 더 커졌다. 그리고 그 함성 소리는 열네 대의 비행기가 모두 날아오를 때까지 계속되었다.

조안은 다카하라의 마지막 눈빛을 기억하면서 하늘을 바라보았다. 열네 대의 비행기와 호위 전투기까지 모두 하늘에서 사라질 때까지…….

# 08. 돌아온 가미카제

*

"19번기가 돌아오고 있습니다!"

조안은, 오후에 있을 훈련을 위해 정비 창고에서 정비병과 함께 비행기를 둘러보는 중이었다. 앞쪽 프로펠러의 날개 하나가 금이 가서 새것으로 막 교체한 터였다. 그 순간, 이쿠다 조코가 정비 창고 입구에서 외쳤다.

처음엔 무슨 말인가 싶었다. 그래서 조안은 고개를 갸웃거리기만 했다. 그러다가 19번기가 다카하라의 비행기라는 것을 깨닫고 정신이 번쩍 들었다. 조안은 재빨리 정비 창고 바깥으로 달려 나갔다.

어느새 비행기는 활주로 동쪽 끝에 막 내려앉고 있었다. 조안은 서쪽 끝을 향해 달려갔다. 그러는 중에 호위 전투기 두 대도 그 뒤를 따라 연이어 활주로에 내리고 있었다.

'도대체 무슨 일일까?'

조안은 자신에게 물었다. 물론 그것은 반사적인 물음일 뿐이었다. 그때, 뒤따라오던 이쿠다 조코가 말했다.

"다카하라는 특공에 실패한 것입니까?"

조안은 힐끔 돌아보았지만, 대꾸하지 않았다. 비행기가 내달리는 활주로 서쪽을 향해 달려갈 뿐이었다. 그런데도 이쿠다 조코는 연신 말을 걸었다.

"만약 특공에 실패했더라도 특공대라면 바다에서 죽어야 하는 것 아닙니까? 저렇게 되돌아오는 건 특공대원의 수치입니다."

조안은 그 말에 뛰던 걸음을 멈추었다. 그리고 이쿠다 조코에게 말했다.

"무슨 말이야? 뭔가 사정이 있었겠지. 자초지종도 들어 보지 않고 함부로 말하면 안 돼!"

"어떤 경우라도 특공을 나갔다가 그냥 돌아오는 건 있을 수 없는 일입니다. 소비학교에서 교장 선생님께서 말씀하시기를, 특공대는 죽어서 돌아와야 한다고 했습니다."

"이쿠다 조코!"

조안은 소리를 높였다. 이쿠다 조코는 깜짝 놀라 몸을 움찔 떨었지만, 그뿐이었다. 뭐라 해도 자신이 뱉은 말을 주워 담지 않겠다는 의지가 역력했다.

조안은 다시 달렸다. 아주 잠깐, '내가 다카하라에게 가서 무얼 어쩌자는 거지?'라는 생각이 들었지만, 걸음이 멈춰지지 않았다.

그러나 조안보다 이토 준야가 먼저였다. 그가 이미 서쪽 끝 관제탑 아래 서 있었다. 그리고 그 너머 유도로 한편에서 자동차 한 대가 달려오고 있는 게 보였다. 거기에는 비행대장과 교관들이 타고 있었다.

잠시 후, 다카하라가 비행기에서 내리자마자 빠른 걸음으로 관제탑 아래쪽으로 걸어가는 게 보였다. 거기에는 이토 준야와 비행대장과 훈련감, 그리고 서너 명의 교관들이 기다리고 있었다. 물론 그들뿐만이 아니었다. 정비병 몇과 사방 어딘가에 있다가 달려온 비행사들도 모여 있었다. 조안도 그들 틈에 얼른 끼어들었다. 모두 잔뜩 굳은 표정이었다.

그즈음, 두 대의 호위 전투기에서 내린 비행사들도 부리나케 뛰어오고 있었다. 조안은 침을 꿀꺽 삼켰다.

"다카하라 하사, 무슨 일인가?"

"기상이 안 좋았고, 후퇴 명령을 받았습니다."

이토 준야가 앞으로 나서며 묻자, 다카하라가 대답했다. 그러나 그의 목소리가 채 잦아들기도 전에, 막 뒤따라온 호위 비행사하나가 나섰다. 그는 오른쪽 눈 위에 집게손가락 한 마디쯤의 흉터가 나 있었다.

"후퇴 명령은 없었습니다. 다카하라 하사는 도망쳤습니다."

"아닙니다. 틀림없이 소대장님의 후퇴 명령을 확인했습니다. 나는 비겁하게 도망치는 비행사가 아닙니다."

"도대체 무슨 말인가?"

안 되겠다 싶었는지 비행대장이 나섰다. 그의 말에 다카하라도, 호위 비행사도 입을 다물었다. 이토 준야는 뒤로 한 걸음 물러섰다. 그러자 비행대장이 다시 다카하라에게 말했다.

"다카하라 하사부터 해명하라!"

그 말에 모두의 시선이 다시 다카하라에게 모였다. 다카하라는 경직된 표정으로, 이토 준야와 호위 비행사를 한번 훑어본 다음 말했다.

"작전 지역에 도착하자마자 미군 함대의 포격이 시작되었습니다. 우리는 특공 소대장님으로부터 세 방향으로 흩어지라는 명령을 받았습니다. 저와 45번기, 46번기가 좌左 편대를 이루어 왼쪽으로 나섰고, 목표 항모의 선미(船尾, 배 뒷부분)를 노렸습니다. 일단 우리 편대는 목표물을 확인하고 1회 선회했습니다. 그리고 선회하는 동안 오른쪽으로 비행하던 또 다른 편대가 목표 항모의 선수(船首, 배 앞부분)를 향해 돌격했습니다."

다카하라가 거기까지 말했을 때, 비행대장은 호위 비행사 쪽을 쳐다보았다. 그러자 호위 비행사 두 사람은 기다렸다는 듯 고개를 끄덕였다. 그걸 보고, 다카하라가 다시 말을 이었다.

"그런데 선봉 공격대를 맡은 중中 편대는 목표물을 향해 기수를 돌리기도 전에 적의 함포 사격을 받아 두 대가 격추되었고, 공격 대기 중이던 우리 편대의 46번기도 격추되었습니다. 이때, 그루망이 오른편에서 나타났습니다. 그쪽에 소대장님이 계신 우右 편대가 있었습니다. 그런데 그루망이 나타나자마자 우리 호위 전투기들이 그쪽으로 나섰습니다. 하지만 그루망과 우리 호위 전투기 한 대가 공중전을 벌이다가 거의 동시에 추락했습니다."

이번에도 조금 전과 똑같이 다카하라가 비행대장을, 비행대장은 호위 전투기 비행사를 쳐다보았다. 마찬가지로 둘은 고개를 끄덕여 보였다. 그러자 다카하라는 침을 꿀꺽 삼키더니 말을 이어 갔다.

"우리 편대는 반사적으로 고도를 높이고 특공 소대장님의 명령을 기다렸는데, 소대장님의 비행기가 날아오르며 신호를 보냈습니다. 저는 그 신호와 함께 일단 기수를 돌렸고, 그 사이에 소대장님의 비행기가 격추되었습니다. 더 이상의 신호는 없었으므로, 저는 구름을 이용해 그루망을 피했고, 귀환했습니다."

"신호를 보낸 건 맞습니다. 하지만 그건 후퇴하라는 명령이 아니었습니다. 대기 후, 1회 더 선회한 뒤에 중中 편대를 따라 공격에 임하라는 신호였습니다."

"그렇습니다. 특공 임무에 후퇴란 없습니다. 다카하라는 의도적으로 거짓말을 하고 있습니다."

다카하라의 말에 호위 비행사 둘이 연이어 반박했다. 그러자마자 다카하라가 앞으로 나서며 더 목소리를 높였다.

"무슨 말입니까? 나는 칭다오에 있을 때, 가장 먼저 특공에 지원했습니다. 혈서도 썼습니다. 이 중에 누구라도 혈서를 써서 특공에 지원한 자가 있다면 나와 보십시오! 그런 내가 왜 특공을 거부한단 말입니까?"

다카하라는 마치 선서라도 하는 듯, 한 손을 올려 보였다. 이빨로 물어뜯은 손가락을 보여 주려는 듯했다. 그 바람에 사방이 조용해졌다. 지켜보고 있던 사람들 모두 비행대장과 다카하라를 번갈아 쳐다보았다.

비행대장은 잠시 숨을 돌리는 듯하더니 말했다.

"전투 중이어서 신호를 못 보았을 수는 있다. 하지만 호위 비행사의 말대로 특공에 후퇴란 없다."

"하지만……."

다카하라는 억울하다는 표정으로 비행대장을 향해 더듬거렸다. 그리고 이토 준야를 쳐다보았다. 무슨 말이라도 해 달라는 표정이었다. 그러나 이토 준야는 입을 다문 채 아무 말도 하지 않았다. 조안도 얼결에 초조해져서 기다렸지만, 이토 준야는 끝내 입을 열지 않았다.

그즈음 비행대장이 호위 전투기 비행사들을 향해 물었다.

"더 이상 생존자는 없나?"

"없습니다."

"특공은?"

"실패했습니다. 단 한 대도 적의 항모에 이르지 못하고 추락했습니다."

그 말에 비행대장은 잔뜩 인상을 썼다. 미간이 좁혀졌다. 주위의 다른 사람들은 고개를 숙였다. 조안 또한 자신도 모르게 주먹을 쥐었다.

잠시 후, 비행대장이 다시 말했다.

"다카하라, 내무반에서 대기하라. 그리고 이토 소좌, 비행사들 교육에 더 힘쓰도록 하라!"

그 말에 다카하라는 얼굴이 더 굳어졌고, 이토 준야는 차렷 자세를 취하고 경례를 했다. 비행대장은 이토 준야의 경례도 받지 않고, 뒤로 돌아섰다.

*

해는 아직 서편의 야산 언덕에 걸려 있었다. 하지만 동편의 파란 하늘 위에는 이미 성미 급한 달이 솟아올라 있었다. 새파란 하늘에 잘못 점을 찍은 듯, 흰 낮달은 자꾸만 머리 꼭대기 쪽으로 올라왔다.

한참을 바라보고 있자니, 낮달 아래를 가로질러 제로센 넉 대가 연이어 지나갔다. 그러더니 비행장 위를 한 번 선회한 다음, 활주로에 차례로 내리기 시작했다. 조안은 하릴없이 그 비행기들이 모두 착륙할 때까지 시선을 떼지 않았다.

하!

그러나 조안은 곧바로 깊은숨을 내쉬며 머리를 저었다. 뭘 해도, 아무리 다른 곳에 관심을 돌리려 해도, 다카하라의 모습이 지워지지 않았기 때문이다.

특공에서 돌아온 뒤로 그랬다. 일부러 놈의 얼굴을 떠올리지 않으려 했지만, 소용이 없었다. 무엇보다 다카하라의 이해할 수 없는 태도 때문이었다.

다카하라는 평소와 같지 않았다. 나흘 동안 아무 말도 하지 않았다. 다카하라는 그동안 수십 번도 더 마주쳤지만, 눈길조차 주지 않았다. 내무반에서도 있으나, 없는 듯했다. 그 누구와도 어울리지 않았고, 사람들이 많은 곳은 피해 다녔다.

유도로 한편에서 멍하니 비행기가 뜨고 내리는 걸 쳐다보거나, 내무반 복도에서 머리를 숙인 채 서 있거나, 밥 먹다가 말고 한참이나 창밖을 내다보거나, 내무반 구석에 쭈그리고 앉아 있거나, 누가 불러도 넋이 나간 사람처럼 퀭한 눈으로 그냥 지나가거나……. 그게 특공에서 돌아온 뒤 다카하라가 이제껏 보여 준 모습의 전부였다.

하지만 그런 그와 달리 비행사들은 할기죽죽한 눈빛으로 그를 쳐다보았다. 심지어 일반 병사들까지 그를 두고 구시렁거렸다. 어떻게 특공 임무를 부여받고 도망쳐 올 수 있느냐, 놈은 일본 제국 아라와시의 수치다, 지금처럼 나라가 위태로울 때 혼자만 살겠다고 돌아온 거냐……. 심지어 다카하라가 옆을 지나가면 공연히 시비를 거는 비행사들도 있었다.

조안은 그들이 모두 미쳐 간다고 생각했다.

물론 조안 자신도 제정신은 아니었다. 그런 다카하라를 보고 있는 자신의 마음이 좋지 않은 걸 보면, 이게 무슨 일일까 싶었다. 내 일이 아니라고 애써 자위했지만, 여전히 잔뜩 주눅이 든 채로 숨어다니듯 하는 놈이 자꾸만 신경이 쓰였다. 정신을 차리고, '다카하라는 나를 늘 못마땅하게 생각했고, 조선인이라는 이유만으로 나를 못살게 굴었어. 그런 놈에게 내가 관심을 가질 이유가 없잖아'라며 자신을 타일렀다. 그런데도 놈의 갑작스러운 변화에 자꾸만 촉수가 뻗어 가곤 했다.

조안은 다시 한번 긴 숨을 내쉬고 자신에게 말했다.

'이제 그만해! 어차피 녀석은 곧 다시 떠날 테고, 나 또한 떠날 테니까! 도대체 누가 누구를 연민한단 말인가?'

조안은 자리에서 일어났다. 때를 기다렸다는 듯, 활주로 저편 어딘가에서 바람이 불었고, 그 바람은 조안의 등을 밀었다.

비행 사령부, 내무반, 격납고, 교육장에 차례로 전등이 켜지는 모습이 보였다. 조안은 그 건물들을 바라보면서 빠르게 걸었다.

식당 건물 앞에 다다랐을 때, 신입 비행병들이 무리 지어 식당에서 나오고 있었다. 그들은 조안을 마주치자, 큰 소리로 경례를 하더니 내무반 쪽으로 걸어갔다.

조안은 건물 안으로 들어가 복도를 걸었다. 그런데 식당 문을 다 열기도 전에 거친 목소리가 들려 나왔다.

"내 말이 맞지 않습니까? 다카하라 하사님. 처음부터 특공을 피하려던 게 아닙니까?"

조안은 문을 열고 들어가며, 반사적으로 소리가 난 쪽을 쳐다보았다. 배식구에서 가장 먼 창문 쪽 구석이었다. 뜻밖에도 그곳에 다카하라와 이쿠다 조코가 마주 앉아 있었다. 다카하라 앞에는 식판이 놓여 있고, 이쿠다 조코 앞에는 아무것도 놓여 있지 않았다. 얼핏 추측하기에는, 이쿠다 조코가 밥을 먹고 나가다가 다카하라를 발견하고 마주 앉은 듯했다.

그런데 이쿠다 조코의 말이 매우 도발적으로 들렸다. 조안은 자신도 모르게 그쪽을 향해 걸었다. 넓은 식당 곳곳에 띄엄띄엄 앉아 있던 병사들이 다카하라와 이쿠다 조코 쪽을 힐끔거렸다.

다카하라는 조안이 다가설 때까지 이쿠다 조코의 말에 대꾸하지 않았다. 오히려 다카하라는 어제와 그제도 그랬듯, 어두워 가는 창밖을 바라보면서 눈만 깜박거렸다.

"이쿠다 조코, 무슨 말을……."

조안은 성큼 다가서며 말했다. 하지만 이쿠다 조코는 조안을 쳐다보지도 않았다. 조안의 말이 채 끝나기도 전에 다시 다카하라를 향해 말했다.

"소대장님이 절대 후퇴 명령을 내렸을 리가 없습니다. 특공대원에게 후퇴란 없습니다."

이쿠다 조코의 덧들이는 말에도 다카하라는 여전히 묵묵부답이었다. 손끝을 약간 떨고 있었는데, 창 쪽으로 고개를 돌린 채 대꾸하지 않았다. 그런 다카하라에게 이쿠다 조코는 더 다그쳤다.

"말씀해 보십시오. 한번 출격한 특공대원이 되돌아온다는 것은, 사무라이가 전쟁에서 패하는 것보다 더 수치스러운 일입니다. 그들이 왜 전쟁에서 패하면 스스로 할복을 했겠습니까?"

"그만두지 못해? 그럼 지금 당장 자결이라도 하란 말이야?"

이쿠다 조코의 말에 조안은 소리를 질렀다. 아무래도 놈의 말본새가 뒤넘스럽다는 생각이 들어서였다.

"차라리 그게 떳떳하지 않겠습니까? 그게 대일본제국의 비행사다운 행동입니다!"

조안의 말에 이쿠다 조코가 비로소 이쪽을 돌아보며 대꾸했다. 조안은 놈의 말 속에 알 수 없는 적개심이 가득 담겨 있는 듯해서 적잖이 놀랐다.

"바카야로! 그걸 지금 말이라고 하는 거야?"

"특공에 실패하고 돌아와 살겠다고 꾸역꾸역 밥을 먹는 모습이 참으로 가련하지 않습니까!"

이쿠다 조코가 조안의 말에 더 소리를 높였다. 그런데 바로 그 순간이었다. 그때까지 가만히 있던 다카하라가 벌떡 일어났다. 그러더니 이쿠다 조코를 향해 몸을 던졌다. 순간 다카하라 앞에 놓였던 식판이 엎어지고, 음식물이 사방으로 튀었다. 그에 아랑곳하지 않고 다카하라는 어느새 이쿠다 조코의 멱살을 붙잡고 바닥을 뒹굴었다.

"이 새끼! 네가 적군의 함포 사격을 맞고 공중에서 산산이 부서지는 비행기를 봤어? 조종석 유리창에 피를 튀기며 죽어 가는 비행사의 얼굴을 상상이나 해 봤어? 적의 항모에는 가까이 다가가지도 못하고 날개가 꺾인 채 바다로 떨어지는 비행기는? 포탄에 맞아 비행기와 함께 불덩이가 되어 비명을 지르는 비행사의 모습은? 네가 알고서 하는 소리야?"

"그…… 그래도 도망친 건……."

다카하라가 소리를 지르며 이쿠다 조코의 목을 졸랐고, 그 바람에 이쿠다 조코는 숨 멎는 듯한 소리로 겨우 대꾸했다. 버둥거리면서 다카하라의 손을 걷어 내려 애썼지만, 억세게 누르는 힘을 이겨 내지 못했다.

그제야 조안은 정신이 퍼뜩 들었다.

"안 돼, 다카하라!"

조안은 다카하라를 밀어내며 소리쳤다. 그 바람에 다카하라는 저편으로 나동그라졌고, 이쿠다 조코는 목을 감싸 쥐며 일어나

앉았다.

조안은, 다카하라가 서둘러 일어나 식당의 문을 열고 나간 뒤에도 한참 동안 그 자리에 서 있었다. 다카하라가 외치던 목소리가 머릿속에 메아리처럼 남아 있었기 때문이다.

네가 적군의 함포 사격을 맞고 공중에서 산산이 부서지는 비행기를 봤어? 조종석 유리창에 피를 튀기며 죽어 가는 비행사의 얼굴을 상상이나 해 봤어…….

'도대체 무슨 일이 있었던 걸까?'

조안은 자신도 모르게 스스로에게 물었다. 특공을 자신하며 기세등등하던 다카하라가 갑자기 말수를 줄이며 사람을 피한 일이며, 조금 전의 그 말은 다카하라와 전혀 어울리지 않았다.

"결국 다카하라 하사님은 겁에 질렸던 거예요. 아까 그 표정 보셨죠? 겁쟁이 같으니라고!"

옆에서 여전히 목을 문지르고 있던 이쿠다 조코가 중얼거리듯 말했다. 조안은 대꾸하지 않았다. 다만 녀석을 노려보았다. 그러자 무안했던지 이쿠다 조코는 옷매무새를 바로잡고 느린 걸음으로 식당을 나갔다.

조안은 의자에 주저앉았다. 긴 숨을 내쉬고 머리를 저었다.

잠시 후, 주방 쪽에서 취사병 둘이 나와 식판과 음식물을 치웠다. 그런 중에도 몇몇 병사들이 이쪽을 힐끔거렸다. 조안은 조금 더 앉아 있다가 식당 밖으로 나왔다.

내무반 쪽으로 걷다가 밥을 먹지 않았다는 사실을 깨달았지만, 딱히 되돌아가고 싶지는 않았다. 조안은 그대로 걸었다.

이미 바깥은 어둠이 내려 어두웠다.

'다 미쳤어! 미쳐 가고 있어!'

조안은 자신도 모르게 중얼거렸다. 그 말을 머릿속에 떠올리자마자 다시 고개를 젓긴 했지만, 그 말 외에 달리 설명할 길이 없었다. 다카하라도, 그를 비난하는 병사들도, 그들의 사정을 모를 리 없는 이토 준야도. 게다가 아직 얼굴에 솜털도 가시지 않은 이쿠다 조코까지도.

*

시간이 꽤 늦었는데도 다카하라는 돌아오지 않았다. 잠깐 잠이 들었다가 깨서 그의 자리를 쳐다보았지만, 여전히 자리는 비어 있었다.

조안은 침상에서 일어났다. 다카하라 때문만은 아니었다. 어차피 더 누워 있어도 잠은 오지 않을 게 분명했다. 그 때문에 조안은 온몸이 무거웠지만, 일어나 밖으로 나왔다.

조안은 비상등이 드문드문 켜진 복도를 걸었다. 출구 쪽만 환해서, 마치 기다란 동굴을 빠져나가고 있는 기분이 들었다.

그런데 어디쯤에서였을까? 허청허청 걷고 있을 때, 문득 눈부

시게 희고 예리한 불빛이 복도 끝에서, 연이어 여기저기서 번져 들어왔다가 순식간에 사라졌다. 조안은 우뚝 멈춰 섰고, 간발의 차이로 이번에는 고막을 찢을 듯한 소리가 들려왔다.

콰르릉.

순간 조안은 몸을 사렸다.

공습이라고 생각하는 순간, 머리카락이 쭈뼛 서는 듯했다. 그 짧은 시간에 칭다오에서의 공습 장면이 떠올랐다. 그 때문에 조안은 한 발자국도 더 나아가지 못했다. 자신도 모르게 한쪽 벽에 등을 기대고 스르르 미끄러지며 주저앉았다.

그리고 그때, 다시 한번 빛과 소리가 흐르듯 지나갔다. 조안은 쪼그리고 앉은 채 양손으로 머리를 감싸 쥐었다. 그런데 이상했다. 공습 사이렌이 울리지 않았다. 대신 어디선가 쏴아, 하는 소리가 들렸다. 거친 빗소리였다. 그제야 조안은 조금 전의 빛과 소리가 번개와 천둥이라는 것을 알아차렸다.

하!

길게 숨을 내쉬었다. 하지만 이미 등은 식은땀으로 축축했다. 심장이 빠르게 뛰었고, 공포감이 여전히 가시지 않았다. 조안은 몸을 더 옹송그렸다. 하필이면 그때, 빗소리와 함께 누나의 목소리가 떠올랐다.

꼭 가야 해? 안 가면 안 돼?

그래서 조안은 바로 지금, 늦게나마 입속으로 대답했다.

'돌아가고 싶어요.'

하지만 그러자마자 가슴 깊은 곳에서 무언가 뜨거운 것이 올라왔다. 그 때문에 조안은, 머리를 감싸고 있던 손으로 입을 틀어막았다. 몸이 심하게 떨렸다. 어금니를 물지 않으면 소리라도 지를 것 같았다. 조안은 천천히 일어났다. 딱히 어디를 가려는 것도 아니면서 일단 걸음을 떼었다.

그런데 조안은 채 열댓 걸음을 걷지도 못하고 다시 멈춰 서야 했다. 빗소리 사이에, 알 수 없는 기괴한 소리가 들려왔다. 조안은 흠칫 놀라 사방을 두리번거렸다. 어둑한 복도에는 아무것도 보이지 않았다.

다시 귀를 기울였다. 틀림없이 흐느낌이 간헐적으로 흘러나오고 있었다. 돌아보니, 위층 쪽인 듯했다. 조안은 자신도 모르게 2층으로 향하는 계단 쪽으로 걸음을 옮겼다.

아!

조안은 딱 8개의 계단을 오르자마자, 그것이 울음소리라는 것을 알 수 있었다. 빗소리 때문에 크게 들리지는 않았지만, 틀림없었다. 조안은 자신도 모르게 조금 더 빨리 계단을 올랐다.

1층보다 더 어두운 2층 복도를 조심조심 걸어갔다. 울음소리는 복도 안쪽 깊은 곳에서 흘러나오고 있었다. 앞쪽으로 길게 늘어진 자신의 그림자를 따라, 조안은 안으로 한 걸음씩 나아갔다. 모의 비행훈련 교실과 작전 상황실, 특공 지원실을 차례로 지났다.

그럴수록 울음소리는 더욱 가까워졌다.

울음소리는 비행사 대기실에서 흘러나오고 있었다. 조안은 자신도 모르게 주먹을 꼭 쥔 채 비행사 대기실 문 앞에 섰다. 그러자마자 기다렸다는 듯 울음소리가 멈추었다.

조안은 숨을 몰아쉬고 삼분의 일쯤 열린 문틈으로 안을 들여다보았다. 얼핏 봐서는 가지런하게 정리된 의자와 탁자 외엔 아무것도 보이지 않았다. 창으로 빗줄기가 들이치고 있었고, 창 몇 곳이 열려 있는 바람에 천장에 매달린 제로센 모형 비행기가 흔들거렸다.

조안은 숨을 멈추고 안으로 한 발 들여놓았다. 그 덕분에 한쪽 벽에 걸린 천황의 초상화가 보였다. 그 그림을 보는 순간, 어금니를 물었다. 그러면서 조안은 한 걸음 더 안으로 들어갔다. 바로 그 순간이었다.

으흐흐흑!

신음 같은 울음소리가 다시 들렸다. 조안은 반사적으로 고개를 돌렸다. 제일 먼저 한쪽 벽에 빼곡하게 들어찬 위패들이 눈에 들어왔다. 칭다오에 있을 때보다 대여섯 배나 많아 보였다. 그 위패들 아래 누군가가 주저앉아서 꿈틀대고 있었다.

조안은 숨을 길게 들이쉬고, 가만히 그쪽을 쳐다보았다. 열린 문으로 들어온 불빛이 희미하게 그의 어깨와 옆모습을 비추고 있었다.

"다카……하라?"

조안은 낮은 목소리로 말했다. 하지만 그는 흐느낌만 멈췄을 뿐 아무런 대꾸도 하지 않았다. 조안은 두어 걸음 그쪽으로 내디뎠다. 그러나 더 나아갈 수가 없었다.

더는 어떻게 해야 할지 아무런 생각도 떠오르지 않았다. 아니, 도대체 무슨 말을 건넨단 말인가? 위로를 해야 할지, 아니면 그저 처음 보는 사람 대하듯 무얼 하고 있느냐고 물어야 할지조차도 판단을 내릴 수가 없었다. 조안은 혼란스러웠다.

그래서 조안은 가만히 서 있어야 했다. 아주 잠깐이었지만, 그냥 모른 체하고 돌아서 나갈까, 하는 생각도 했다. 위로를 해 줄 만한 사이도, 궁금해할 만한 사이도 아니라는 판단 때문이었다.

그런데 그런 조안의 마음을 헤아리기라도 한 듯 다카하라가 먼저 입을 열었다.

"다독여 주고 싶어 왔나, 조센진?"

이런 중에도 또 시비를 걸겠다는 건가. 다카하라는 돌아보지 않은 채 말했다. 하지만 도발적인 질문에 비해, 그의 목소리는 잔뜩 젖어 있었고, 살짝 떨리기까지 했다. 그 때문에 조안은 대꾸하지 못하고 가만히 그의 어깨를 내려다보기만 했다. 그러자 다카하라는 한마디 더 했다.

"무섭냐고? 당연히 무섭지. 너도 무섭잖아. 안 그래?"

다카하라는 얼뜬 표정으로 혼자 묻고 대답했다. 조안은 그가 무슨 말을 하려는 것인지 갈피를 잡을 수가 없었다. 그래서 듣기만 했다.

"조센진, 너는 다 알고 있었지? 알면서도 모른 체한 거지?"

"⋯⋯?"

"특공에 나가 도망쳐 온 것도 그렇고, 케이스케가 죽은 것도 결국 나 때문이었다는 것. 무, 물론 케이스케의 경우는⋯⋯ 나는 진짜 몰랐어. 내가 대열에서 이탈하면 케이스케가 적기의 집중 표적이 된다는 걸 나중에야 알았다고. 그냥 난 무서워서 피했을 뿐이야."

그 순간, 조안은 자신도 모르게 미간을 찌푸렸다. 칭다오에 있을 때, 이토 준야가 눈을 부릅뜨고 다카하라에게 하던 말이 생각났다. 그러자마자 조안은 가츠무라 반장의 얼굴이 떠올랐고, 동시에 주먹을 불끈 쥐었다.

바로 그때 다카하라가 돌아보았다. 그러더니 일어났다.

"조센진! 이런 내 모습이 우습나? 지금도 날 비웃고 있는 거지?"

"다카하라!"

"그래! 마음껏 비웃으란 말이야."

조안이 소리를 치자, 다카하라는 더 크게 소리를 질렀다. 그리고 기다렸다는 듯, 천둥소리가 사방을 울렸다. 그 때문에 조안은 잠시 머뭇거렸고, 천둥소리가 잦아들 때까지 잠시 기다렸다.

"다카하라! 난 너를 비웃은 적 없어. 너는 나의 동료일 뿐, 아무런 감정 없어. 내무반으로 돌아가라."

조안은 속 깊은 곳에서 무언가 뜨거운 것이 꿈틀거렸지만, 억지로 가라앉히고 말했다. 그리고 돌아섰다. 그런 조안의 등 뒤에 대고, 다카하라가 말했다.

"난 이런 네놈이 정말 싫어. 비행병학교 때도 그랬고, 지금도 애 늙은이처럼 아무렇지도 않은 척하는 네 모습이 정말 가증스럽단 말이야. 나는 이렇게 두려워하고 있는데……."

"다카하라!"

"그래! 너를 미행한 것도 내가 자진해서 한 거였어. 난 네놈이 당연히 도망갈 줄 알았지. 그래서 그걸 신고하면, 그에 대한 포상으로 특공을 면제해 줄 줄 알았어. 그런데 아니었어."

"뭐라고?"

조안은 반사적으로 소리쳤다. 그러나 다카하라는 그에 아랑곳하지 않고 제 말을 이어 나갔다.

"왜? 어째서 도망치지 않았지? ……맞아! 난 네놈의 그런 용기가 싫었어. 조센진은 하나같이 두려움이 없었지. 내가 이전에 만난 조센진들은 모두……."

조안은 거기까지 듣고, 주먹으로 놈의 왼쪽 얼굴을 때렸다. 퍽 소리와 함께 다카하라는 벽에 부딪치고 한쪽으로 나가떨어졌다. 그러는 바람에 벽에 걸려 있던 위패 몇 개가 툭, 툭 떨어졌다.

다카하라는 천천히 일어났다. 순간적으로 대기실 안을 훑고 지나간 번개에 그의 얼굴이 선명히 드러났다가 사라졌다. 그의 입가에 피가 맺혀 있었다. 하지만 다카하라는 그런 채로 씩 웃었다. 그러더니 말했다.

"그래! 이제야 조센진의 본성을 드러내는군. 이래야 사람 같지. 조센진은 다 그런가? 어떻게 그동안 태연할 수 있었지?"

조안은 다카하라의 말이 끝나자마자, 이번에는 그의 멱살을 잡았다.

"내가 태연해 보여? 무섭냐고 물었지? 그래, 나도 무서워 죽을 지경이야. 그럴 수만 있다면 지금 당장이라도 집으로 돌아가고 싶어."

"……!"

"그래서 매일 네놈들을 저주해. 전쟁을 일으킨 것도 모자라 제 병사들에게 죽으라고 등을 떠미는 네놈들의 이 미친 짓에 치가 떨린다고!"

"조안!"

"왜? 누가 들을까 봐 겁나나? 난 이제 두렵지 않아. 어차피 네놈이나 나나 이름도 모를 바닷속에 처박힐 거 아니야? 안 그래?"

조안은 목소리를 높였다. 그런데 그런 조안을 보며, 다카하라는 또 웃었다. 놈이 미쳤나 싶었다. 그래서 자신도 모르게 주먹을 치켜들었다. 그러자 다카하라가 말했다.

"흐흐. 그래도 나와 함께 특공에 나갔던 비행사들이나 케이스케는 일본인이잖아. 훗날 이 나라 땅 어딘가에 이름이라도 남겠지. 하지만 우리처럼 남의 나라 땅에 와서 이런 개죽음을 당하는 하찮은 비행사는 누가 기억이나 해 줄까?"

"뭐…… 우리라니?"

다카하라의 말에 조안은 반사적으로 물었다. 그러면서 자신도 모르게 멱살을 쥐었던 손을 놓았다. 그러자 다카하라는 목 위까지 바짝 올라가 있던 윗옷을 추스르고 뒤로 두어 걸음 물러났다. 그러고 나서 말했다.

"이쿠다 조코……. 아니, 그 녀석뿐만이 아니라 모두 내가 도망쳤다고 비난하고 따돌렸지. 조안, 그들이 왜 나를 비난하는지 알아?"

조안의 물음에 대답하지 않은 채 다카하라는 도리어 물었다. 무슨 말을 하고 싶은 걸까. 조안은 잠시 다카하라를 쳐다보았다.

"두렵기 때문이야. 무섭지만 그런 티를 내지 않으려고. 자신이 무서워하고 있다는 걸 들키는 순간, 모든 병사가 그를 비난할 테니까."

"……?"

"모르겠어? 두려움이 클수록 나를 더 거세게 비난하지."

"그렇다면 너도 나에게……?"

"그래, 누구보다 두려웠어. 무서웠다고. 그리고 내 몸속에 조선인의 피가 흐르고 있다는 사실을 감추고 싶었거든."

"다카하라!"

"내 엄마는 조선인이야. 여학교를 다니다가 일본에 공부하러 왔다고 했어. 아버지가 다니던 그 학교에 말이야. 다른 건 몰라. 아니, 기억하고 싶지도 않고, 기억하려고 노력하지도 않았어. 학교를 다니면서도 수없이 많은 차별을 받았는데, 그게 엄마 때문이란 걸 나중에 알았지. 난 엄마가 수치스러웠고, 어떻게든 진짜 일본인이 되기 위해서 발버둥 쳤어……."

다카하라의 말을 들으면서 조안은 자신의 몸이 모래성처럼 스르르 무너져 내리는 기분이 들었다. 놈에게 조선인의 피가 흐르고 있다고? 조안은 그 자리에 주저앉고 싶은 것을 억지로 참았다. 마음은 얼른 이 자리에서 벗어나고 싶었지만, 다리가 후들거려서 조금도 움직일 수가 없었다. 놈이 끽다점의 잡지를 읽어 낸 게 이제야 이해가 되었다.

다카하라는 마치 흐느끼듯이 말을 이었다.

"웃기지 않아? 내가 특공 전날 부른 노래 기억하지? 그게 조선의 어른들 모습이야. 어린 너는 이렇게 의연하게 죽음에 맞서고 있는데, 어른들은 제 아들들에게 어서 전쟁터로 나가 몸을 던지라고 노래를 부르고……. 그들은 나라까지 통째로 일본에 내주고, 그것도 모자라 제 나라도 아닌 다른 나라에 가서 개죽음을 당한 비행사를 칭송하고……. 그럴 바엔 일본인으로 살고 싶었어.

어차피 그런 어른들은 우리를 지켜 주지 않을 테니까. 저 혼자 살기 위해 더 어린 아이들까지 버릴 사람들이니까……."

그 말을 들으면서 조안은 뒤를 돌아 문 쪽으로 향했다. 그런 중에도 다카하라는 말을 멈추지 않았다. 하필이면 그즈음 다시 빗소리가 거세지고 있어서, 어떤 말은 들렸고 어떤 말은 들리지 않았다. 다만 한 마디만은 또렷하게 귀에 들어왔다.

"난 죽어서도 그런 사람들을 용서하지 않을 거야!"

# 09. 나는 조선의 소년 비행사입니다

*

눈을 떴을 때, 조안은 가장 먼저 창 쪽으로 고개를 돌렸다. 유리창 너머로 파란 하늘이 보였다.

'다행이야!'

조안은 자신도 모르게 중얼거렸다. 다카하라의 울음소리와 함께 쏟아졌던 비가 사흘 동안이나 오락가락했었다. 비행사 대기실에 특공 명령서가 나붙은 어제 늦은 오후까지도.

아니, 그런데 다행이라니? 조안은 자신이 중얼거린 말을 떠올리며 피식 웃었다.

휘둘러보니, 동료 비행사들은 깊은 잠에 빠져 있었다. 아직 한 시간은 더 있어야 기상나팔이 울릴 터였다. 조안은 그들을 하나씩 쳐다보았다. 누구는 바로 누웠고, 어떤 병사는 가로로, 또 한 둘은 아기처럼 웅크린 채 잠들어 있었다.

조안은 일어나 담요를 개켰다. 관물대의 물건들을 가지런히 정리하고, 비행복으로 갈아입었다. 흰색 머플러까지 차분하게 옷 안으로 넣었다. 그러자마자 땀이 났지만, 풀지 않았다. 그런 채로 조안은 곧바로 비행사 대기실로 향했다.

걸음은 그다지 무겁지 않았다. 나쁘지 않아, 라고 자신에게 말했다. 이제 더는 돌이킬 수 없어서 한 말이지만, 담담해지려고 애썼다. 한 걸음, 한 걸음을 힘주어 걸었다.

비행사 대기실의 문을 열었을 때, 안에는 아무도 없었다. 잠시 안을 휘둘러본 다음, 조안은 안으로 들어섰다. 그리고 한쪽 벽에 붙어 있는 특공 명령서 앞으로 다가갔다. 한자로 16명의 이름이 세로로 쓰여 있었다.

조안은 가만히 자신의 이름을 읽어 내려갔다.

### 張安東柱

조안 도쥬, 자신의 이름을 반복해서 되뇌었다. 그리고 조안은 원래의 이름도 중얼거렸다.

'장동주張東柱'

조안 도쥬는 아버지의 성[張] 옆에 엄마의 성[安]을 넣어 만든 일본 이름이다. 비행병학교의 입학 조건 가운데 하나가 창씨개명이었다. 그래서 누나가 입학 원서를 쓰며 처음 만들었고, 그다음 부터 어디서든 일본인들은 조안이라 불렀다.

조안은 벽에 붙은 특공 명령서를 오래도록 바라보았다. 어제와 는 느낌이 달랐다.

어제 오후, 처음으로 특공 명령서에 쓰인 자신의 이름을 확인 하는 순간, 심장이 무척이나 빠르게 뛰었다. 동시에 수많은 생각 이 스쳐 지나갔다. 누나와 아버지의 얼굴이 떠올랐고, 오늘이 마 지막이네, 라는 말도 자꾸만 되뇌어졌다. 그래서 울컥 눈물이 솟 을 뻔했다. 옆에서 이런저런 말로 떠들어 대는 비행사들이 아니었 다면, 정말 펑펑 울었을지도 몰랐다.

어떤 비행사는, '두고 보라고! 내가 멋지게 적의 항모 한복판을 꿰뚫어 줄 테니!'라는 말을 했고, 또 하나는, '천황 폐하, 만세!'라 고 외쳤다. 하지만 조안은 뭐라 할 말이 없었다. 그래서 특공 명 령서가 붙어 있는 벽 옆쪽에 서 있던 이토 준야와도 눈을 맞추지 않았다.

그 무렵, 이쿠다 조코가 다가와 말했다. '조안 하사님과 함께 특공에 나가게 되어 영광입니다'라고 했던가? 그러고 보니, 조안 의 이름 아래쪽에 이쿠다 조코의 이름도 함께 쓰여 있었다. 조안 은 자신도 모르게 잔뜩 인상을 썼다. 불편한 마음을 애써 감추지 않았다. 그런 조안의 마음을 아는지 모르는지, 이쿠다 조코가 또 말했다. '그런데 어째서 다카하라 하사의 이름은 보이지 않는 거죠?'라고.

하지만 조안은, 뒷말은 듣지 않았다. 이쿠다 조코가 특공 명단에 포함되었다는 사실 그 자체에 화가 났다. 이제 겨우 하강하는 방법을 익힌 비행병을 특공에 내보내다니! 어이가 없다는 생각에, 조안은 비로소 이토 준야를 똑바로 쳐다보았다. 그리고 다른 비행사들이 모두 대기실을 빠져나갈 때까지 기다렸다가 물었다.

'아직 비행 기술도 다 익히지 못한 아이를 특공에 꼭 내보내야 합니까?'

그러자 이토 준야는, '오키나와에서는 열세 살짜리 중학생이 죽창을 들고 미군과 싸웠어'라고 말했다. 그 말에 조안은 어이가 없었다. 문득 칭다오에 있을 때, 엿들었던 나카무라 중좌의 말이 생각나서였다. 그때 나카무라도 비슷한 말을 했었다. 그걸 이토 준야가 반복하고 있다니!

그래서 조안은 말했다.

'당신도 다른 사람들과 다를 바가 없군요.'

그 말에 이토 준야는 미간을 찡그렸고, 조안은 내친김에 한마디 더 했다.

'열세 살짜리를 전쟁터에 내보낸 게 자랑인가요? 그런 아이까지 죽음으로 내몬 사람은 바로 당신 같은 사람들이라고요!'

그 말이 끝남과 동시에 이토 준야의 주먹이 조안의 뺨으로 날아왔다. 하지만 조안은 쓰러졌다가 곧장 일어나서 다시 말했다.

이번에는 입속으로.

'당신은 참 나쁜 사람입니다!'

그리고 돌아서 비행사 대기실을 나왔었다. 꼭 그러려던 건 아니었지만, 발길 닿는 대로 걷다 보니 어느새 유도로였다. 조안은 활주로를 바라보면서 어둑해질 무렵까지 한참을 걸었다. 수십 번이나 뜨고 내린 활주로를 눈에 담아 두고 싶어서였다.

밖에서 기상나팔 소리가 들렸다. 조안은 자신의 이름을 다시 한번 바라보고 돌아섰다. 그리고 비행사 대기실 밖으로 나섰다. 이제 출정식이 열리는 연병장으로 나가야 했으므로. 그런데 그때, 조안은 이상한 사실 하나를 깨닫고 걸음을 멈추었다.

이쿠다 조코!

녀석의 이름이 특공 명단에서 보이지 않았다. 아무리 찾아도 놈의 이름이 온데간데없었다. 틀림없이 어제는 이름이 들어 있었는데 왜 지금은 보이지 않는 걸까? 조안은 돌아서 비행사 대기실로 들어왔다. 그리고 벽에 붙어 있는 특공 명단을 다시 살폈다.

정말로 아무리 찾아도 이쿠다 조코의 이름이 보이지 않았다. 그리고 뜻밖에도 이쿠다 조코의 이름이 있던 자리에, 새 종이로 써서 붙인 또 다른 이름이 도사리고 있었다.

다카하라 료스케.

*

"쇼와 20년(1945년) 7월 16일, 제군들은 오키나와로 날아가 특공을 수행한다! 이런 기회를 제군들에게 내린 천황 폐하께 감사하라!"

단상에 올라선 비행대장이 소리쳤다. 그러나 조안은 그가 무슨 말을 하든, 귀에 들어오지 않았다. 뒤늦게 출정식에 나타난 다카하라를 자꾸 힐끔거렸다.

다카하라는 두 줄로 늘어선 특공 비행사 16명 가운데, 뒷줄 가장 오른쪽 끝에 있었다. 뜻밖에도 다카하라의 얼굴은 밝아 보였다. 며칠 전 비행사 대기실에서 본, 그 울부짖던 모습이 아니었다.

그러고 보니 그날 이후로 다카하라의 모습을 본 일이 없었다. 조안은 이틀 내내 빗속에서도 비행 훈련을 했고, 돌아와서 둘러보았을 때마다 놈의 모습은 보이지 않았다. 그냥 그러려니 했다. 그런데 그사이에 무슨 일이 있었던 걸까? 그리고 밤새 무엇 때문에 특공 명단에 이쿠다 조코 대신 놈의 이름이 올라간 걸까? 마음 같아서는 달려가 따져 묻고 싶었지만, 그럴 수가 없었다. 비행대장은 연신 뭐라 떠들어 댔고, 잔뜩 심각한 표정의 그 얼굴을 힐끗거려야 했다.

"신주불멸(神州不滅, 신의 나라인 일본은 절대 멸망하지 않는다)을 잊지 말고 반드시 특공에 성공하기를 바란다."

비행대장은 그렇게 말한 뒤, 잠시 말을 멈추었다. 그것을 신호로 단상 아래 대기 중이던 병사들이 달려 나와 특공 비행사 16명에게 일일이 히노마루(일장기) 어깨띠를 걸어 주었다.

잠시 웅성대는 틈을 타서 조안은 다카하라를 유심히 쳐다보았다. 별다른 표정은 없었지만, 그날 밤처럼 잔뜩 겁먹은 얼굴은 아니었다.

비행대장은 그 순서가 모두 끝날 때까지 기다렸다가 다시 말을 이었다.

"제군들은 천황 폐하의 명을 받들어 귀축미영(鬼畜美英, 귀신이나 짐승 같은 미국과 영국)의 항모를 반드시 견적필살(見敵必殺, 적을 보면 반드시 죽인다)하라! 반드시 일기일함(一機一艦, 비행기 한 대에 군함 한 척)의 목표를 달성하여 증오스러운 적을 가루로 만들어 보이라!"

그러고는 어느새 준비한 술잔을 높이 치켜들었다. 그와 동시에 이번에는 옆에 서 있던 장교 두 명이 술병을 들고 단상에서 내려왔다. 그들은 특공 비행사들에게 잔을 나눠 주었다.

조안은 한주먹이 채 안 되는 술잔을 받아들고 기다렸다. 잠시 후, 또 다른 장교 한 사람이 다가와 술병을 기울여 술이 넘칠 만큼 가득 따라 주었다.

비행대장이 잔을 더 높이 들고 외쳤다.

"민나가 호코라시 톳코타이, 젯타이니 마케나이(너희 모두는 자랑스러운 특공대다, 절대로 지지 않는다)!"

그러자 특공 비행사들이 일제히 잔을 높이 들었다. 그리고 외쳤다.

"젯타이니 마케나이!"

비행대장이 단숨에 술잔을 비우고 바닥에 잔을 던졌다. 쨍그랑, 하는 소리와 함께 발 앞에서 잔이 산산조각이 났다. 이어 특공 비행사들도 동시에 술잔을 비우고 누가 먼저랄 것도 없이 잔을 바닥에 던져 깨트렸다.

"해산! 전 특공대원은 활주로로 이동한다!"

그 말과 함께 조안은 다카하라에게 달려갔다.

"도대체 무슨 일이 있었던……."

"외출을 다녀왔어. 급히 집에 연락했더니, 어머니가 오신다고 해서. 이걸 받아왔어."

조안의 말이 채 끝나기도 전에 다카하라가 입을 열며 품속을 뒤적거렸다. 그는 활주로 쪽으로 이동하는 비행사들을 따라가며 비행복 품에서 무언가를 꺼냈다.

"이건……?"

"맞아. 센닌바리(출정하는 군인에게 부적처럼 선물하는 천 조각)야. 밤새 만드셨대."

한 뼘 폭의 흰 천은 한 팔 길이만 했다. 그 천의 오른쪽에는 무운武運이라는 글자가, 왼쪽에는 장구長久라는 글자가 써 있었다. 그리고 한가운데는 꽃이 수놓아져 있었다.

"진달래. 어머니의 고향 앞산에 봄이 되면 흐드러지게 피던 꽃이라고 하네. 일본인들은 보통 벚꽃을 그려 넣는다던데?"

다카하라가 웃으며 말했다.

"아니, 그보다 네가 왜 이 자리에 있는 거지?"

조안은 그의 웃는 얼굴을 무시하고 물었다.

"내가 이토 소대장에게 부탁했어."

"왜……?"

"너와 함께 가면 두렵지 않을 것 같았어. 어제 해질 무렵에 부대로 돌아왔는데, 네가 특공 명단에 오른 걸 확인하고 즉시 이토 소대장을 찾아갔어. 지난번의 실수를 만회하게 해 달라고……."

그런데 조안은 문득 웃음이 났다. 갑작스럽게 친한 친구라도 되는 듯 말하는 다카하라가 어이없어서였다.

"왜 웃지?"

"넌 내가 비행기를 타고 어디로 갈지 알고 있는 거야?"

다카하라가 짧게 물었고, 조안 또한 그 물음에 답하지 않고 되물었다. 그러자 다카하라도 물었다.

"어디로 가다니? 그게 무슨……."

"아니야. 별말 아니야! 그럼 이제 용기가 좀 생긴 건가?"

"꼭 그런 건 아니지만……."

그런데 그때였다. 다카하라와 선문답하듯 말을 나누며 걷고 있는데, 옆에 늘어서 있던 환송 장병 무리에서 누군가가 튀어나왔다.

"다카하라 하사!"

다름 아닌 이쿠다 조코였다. 녀석은 미처 말릴 틈도 없이 다카하라의 멱살을 잡았다. 그 바람에 비행복 안에 받쳐 입은 흰색 머플러가 옷 위로 풀어졌다. 놈의 행동이 여전히 뒤넘스러웠다.

"도대체 나한테 무슨 짓을 한 거야?"

"이쿠다 조코! 무슨 짓인가?"

조안은 재빨리 이쿠다 조코의 손을 풀어냈다.

"조안 하사님, 다카하라 하사가 내 특공 기회를 빼앗아……."

"차례를 기다려라! 그다음은 너다!"

조안은 이쿠다 조코의 말을 가로채고 단호하게 말했다.

"조안 하사님!"

이쿠다 조코가 섭섭하다는 표정을 지었다. 그런데 그때 뜻밖에도 다카하라가 나섰다.

"이쿠다 조코! 두려우면 두렵다고 말해라. 그래야 사람이다. 지금 너희들은 그 두려움을 숨기기 위해 짐승처럼 발악하고 있어. 두려워할 줄 알아야 이 미친 짓거리를 끝낼 수 있어. 이렇게 죽는다고 너희 조국은 너희들에게 아무것도 해 주지 않아."

"바카야로!"

다카하라의 말에 이쿠다 조코는 당황하는 듯했다. 모지락스럽게 욕설을 내뱉었지만, 얼굴색은 금세 하얘졌다. 그걸 보고서 다카하라는 앞서 걸어갔다. 아니, 두어 걸음 걷다가 말고 되돌아와 이쿠다 조코에게 한마디 더 했다.

"이쿠다 조코, 넌 어떻게든 살아남아라! 살아남아서 너 자신이 얼마나 어리석었는지 반성하고 또 반성해라. 나이가 어렸다는 핑계는 대지 마라. 이 잔인한 나라가 너에게, 그리고 우리에게 어떻게 했는지 평생 가슴 아파하고, 고통스러워하며 보내라. 그게 이제 너희들이 해야 할 마지막 일이다."

그 말을 하는 동안 다카하라의 눈빛은 그 어느 때보다 반짝거렸다. 반면, 이쿠다 조코는 입을 살짝 벌린 채 아무 대꾸도 하지 못했다. 멍하니 다카하라만 쳐다볼 뿐이었다.

말을 던지고 난 다카하라는 부지런히 걸었다. 조안은 그 뒤를 무심코 따랐지만, 그의 말투와 태도가 좀 당혹스럽긴 했다.

그런데 그보다 더 당황스러웠던 건 활주로 끝, 주기장(비행기가 이착륙하기 위해 대기하는 곳, 에어포트 에이프런이라고도 한다)에 이르렀을 때였다. 이토 준야가 그 앞에 서 있었다. 비행복을 입은 채로.

"나는 이번 특공의 호위 비행 편대의 소대장 이토 준야다!"

이토 준야는 특공 비행사들이 정렬하자, 낮고 차분한 목소리로 말했다. 그는 특공 비행사들 한 사람, 한 사람의 어깨를 두드려 주고 손을 잡아 주었다.

그는 바로 옆에 선 다카하라 앞에 오더니 흐트러져 있던 흰색 머플러를 바로잡아 주었다. 그런 다음, 조안에게 다가왔다. 그는 차렷 자세로 서 있는 조안의 어깨를 토닥였다. 그러고는 비뚤어지고 엉켜 있는 히노마루 어깨띠를 가지런히 폈다.

"조안……."

"아무 말도 하지 마십시오."

조안은 그가 입을 열자마자 재빨리 가로챘다. 그러자 이토 준야는 잠시 머뭇거렸다. 다시 무슨 말인가를 하려고 입을 여짓거렸지만 조안은 그보다 먼저 입을 떼었다.

"이토 소대장님. 당신은 나의 꿈을 이뤄 주었지만, 또한 나의 꿈을 짓밟은 사람 중 하나입니다."

"조안……."

"그리고 나는 조선인입니다."

그렇게 말하고 조안은 히노마루 어깨띠를 벗었다. 그리고 손에서 놓았다. 그러자마자 히노마루 어깨띠는 바람에 휩쓸려 활주로 저편으로 날아갔다. 순간, 이토 준야의 얼굴이 일그러졌다. 때리기라도 할 듯, 주먹 쥔 손을 부르르 떨었다. 그러나 더 이상 어쩌지는 못했다.

이토 준야는 잠깐 동안 조안을 쳐다보고 뒤로 물러났다. 그리고 특공대원들을 향해 외쳤다.

"특공 비행사와 호위 전투기 비행사는 전원 탑승하라!"

조안은 비행기 앞에 서서 하늘을 보았다. 파랬고, 구름 한 점 보이지 않았다. 새벽녘에 자신이 얼결에 한 말이 기억났다.

다행이야!

조안은 다시 한번 피식 웃고 비행기 앞으로 한 발 더 다가갔다. 기다리고 있던 정비병이 거수경례를 했다. 그런데 그때, 뒤에서 누군가 달려왔다.

"조안, 할 말이 있어."

다카하라가 뛰어와 조안 앞에 섰다. 조안은 대꾸하지 않고 그의 얼굴을 쳐다보기만 했다.

"내가 집을 떠나올 때, 엄마가 해 준 말이 있어. 그걸 너한테도 해 주고 싶어."

"무슨……?"

조안은 살짝 미간을 찡그린 채 다카하라의 다음 말을 기다렸다.

"잘 다녀오렴. 손끝 하나 다치지 말고. 끼니도 꼭꼭 챙겨야 해! 엄마가 기다리고 있을게."

순간 조안은 숨이 탁 막혔다. 약간 어설프긴 했지만, 일본 땅에서는 처음 듣는 조선말이었다. 게다가 엄마라니? 기다린다니? 조안은 무릎을 꺾고 그 자리에 주저앉을 뻔했다. 자신도 모르게 벌린 입을 다물 수가 없었다.

"이, 이 새끼……. 미쳤어!"

생각과는 다르게 그런 말이 튀어나왔다. 그것도 조선말로. 그런데도 다카하라는 천진난만한 표정으로 조안을 쳐다보며 미소를 짓고 있었다. 지금까지 단 한 번도 본 적이 없는, 선한 얼굴이었다.

다카하라는 여전히 움직이지 못하고 있는 조안의 어깨를 토닥거렸다. 그러더니 또 말했다.

"우리 다시 만날 수 있겠지?"

그 말을 남기고 다카하라는 되돌아 19번기 쪽으로 뛰어갔다.

헉!

조안은 숨이 제대로 쉬어지지 않아 가슴을 여러 번 두드려야 했다. 그때쯤, 다카하라의 모습은 일렬로 늘어선 비행기에 가려 더 이상 보이지 않았다.

조안은 가까스로 숨을 몰아쉰 다음, 주먹을 꼭 쥐었다. 그리고 날개를 밟고 올라가 조종석에 앉았다. 그러자마자 정비병이 경례를 한 뒤, 조종석의 뚜껑을 닫고 물러났다. 하지만 여전히 주체할 수 없이 가슴이 뛰었다. 그 때문에 조안은 서둘러 출발할 수가 없었다.

겨우 비행기가 움직이기 시작했을 때, 조안은 눈물 한 방울을 떨어뜨렸다. 그러느라 조종간을 잠시 놓쳤고, 그 때문에 이륙하려던 비행기가 잠시 한쪽으로 갸우뚱 기울었다.

조안은 얼른 조종간을 바로 잡고, 바로 앞선 77번기의 뒤를 쫓았다.

비행기는 곧 높이 날아올랐다. 특공 소대장의 비행기 옆으로 대열을 맞추자, 그는 고도를 유지하라는 신호를 보냈다. 그제야 조안은 비행기의 수평을 유지하고 사방을 둘러보았다. 앞서 대열을 맞춰 가는 비행기들이 보였고, 양옆으로 석 대씩, 모두 여섯 대의 호위 전투기도 눈에 띄었다.

조안은 먼저 뒤를 돌아보았다. 왼쪽 뒤편으로 19번기가 보였다. 다카하라였다. 그렇게 가까운 거리는 아니었는데도, 조안이 쳐다보는 모습을 보았는지 놈은 손을 가볍게 흔들어 댔다. 조안은 그냥 그 모습을 한동안 바라보기만 했다.

이번에는 오른쪽 맨 앞의 호위기를 바라보았다. 이토 준야의 비행기였다. 그를 보며 조안은 생각했다.

'왜 하필 내가 특공을 나가는 날, 그가 쫓아온 걸까? 제 손으로 키운 비행사가 적의 항모에 뛰어드는 걸 직접 두 눈으로 확인하고 싶어서인 걸까? 그래서 만약 특공에 성공이라도 한다면, 그는 자랑스러워할까?'

하지만 그런 생각을 하고 나서 조안은 고개를 저었다. 그리고 마치 대답하듯 중얼거렸다.

'이토 소대장님, 그럴 수는 없습니다. 나는 당신의 자랑거리가 될 수 없어요.'

그런 다음 조안은 이토 준야의 비행기에서 시선을 거두었다.

그즈음, 선두의 조키가 방향을 약간 왼쪽으로 틀었다. 뒤이어 료키들이 따랐고, 그런 채로 특공 비행 편대는 더 이상 방향을 바꾸지 않고 한참을 날았다. 그러자 곧 아래쪽 어디를 돌아봐도 바다만 보였다.

조안은 문득 지도를 펼쳐 위치를 확인했다. 어림잡아서 지란과 오키나와의 중간쯤인 듯했다. 그때, 조안은 시선을 지도의 북쪽으로 옮겼다. 그리고 순간, 가볍게 아랫입술을 깨물었다. 지금의 위치에서 정북正北으로 기수를 돌리면 경성이었다. 순간적으로 조안은 조종간을 꽉 붙잡았다. 그러나 차마 오른쪽으로 힘을 주지는 못했다.

조안은 한동안 앞선 비행기 대열을 가만히 따르기만 했다. 입속으로만 두어 번, '경성'이라고 중얼거렸다.

얼마나 시간이 지났는지 알 수 없었다.

앞쪽 비행기가 천천히 왼쪽으로 방향을 바꾸기 시작했다. 조안은 다시 지도를 확인했다. 예상이 맞는다면, 지금 특공 비행기들의 위치는 오키나와로부터 북북동 32킬로미터 지점이었다. 이제 곧장 나아가기만 하면 오키나와였다. 어쩌면 고작해야 10분에서 20분 정도밖에 걸리지 않을 거였다.

조안은 어금니를 꽉 물었다. 그리고 낮은 목소리로 말했다.

"누나, 돌아갈게!"

그리고 조안은, 편대가 구름 사이로 들어갔을 때를 기다려 왼쪽이 아닌, 오른쪽으로 기수를 크게 돌렸다. 그러면서 서서히 고도를 높였다. 제로센을 처음 탔을 무렵에 가츠무라가 했던 목소리가 되살아났기 때문이다.

'높게 날면, 공기의 혼합 비율 때문에 연료 소모를 줄일 수 있어. 또 중간에 연료가 떨어지더라도 높이 떠 있어야 활공 거리가

늘어나지.'

조안은 더 높이 오르면서 속도를 조금 더 냈다. 뒤돌아보니, 앞
섰던 비행기의 무리는 점점 더 멀어져 갔다. 그것을 확인하고 조
안은 가는 방향의 아래쪽을 내려다보았다.

아!

늘 꿈에 그리던 광경이 눈앞에 펼쳐졌다. 파란 하늘, 그보다 더
새파란 바다. 그 끝에는 막 떠오른 해가 눈부셨고, 그 앞의 바다
위에는 물그림자가 반짝거렸다. 조안은 자신도 모르게 숨을 길게
들이쉬었다. 미소를 지었고, 마침내 웃었다.

그런데 어느 때쯤, 옆쪽에서 기척이 느껴졌다. 또 다른 비행기
한 대가 나란히 따라오고 있었다. 뿐만 아니라 그 비행기는 조안
쪽으로 바짝 다가왔다. 뜻밖에도 19번기였다.

'다카하라!'

조안은 자신도 모르게 그의 이름을 되뇌었다. 그는 얼굴을 알
아볼 수 있을 정도로 조안의 비행기 옆으로 바짝 다가와 있었다.

'다카하라, 도대체 무슨 짓을 하는 거야?'

조안은 눈빛으로만 물었다. 그리고 손으로는 뒤로 돌아가라고
신호를 보냈다. 하지만 그걸 무슨 뜻으로 받아들였는지 놈은 웃
었다. 그러더니 앞으로 가라고 손짓을 했다.

'어서 가. 난 너와 함께 갈 거야.'

문득 그렇게 말하고 있는 것처럼 느껴졌다. 그래서 다시 물었다.

'내가 어딜 가는 줄 알고? 넌 어서 돌아가!'

하지만 다카하라는 고개를 끄덕이며 어서 앞으로 나아가라고 말하는 것 같았다.

'네 고향. 그리고 내 어머니의 고향. 나를 데려가 줘.'

'다카하라, 어차피 우리는 경성까지 못 가. 알지? 우리 비행기에는 오키나와까지 갈 수 있는 만큼의 연료밖에 없어.'

'괜찮아! 너와 함께 가고 있잖아.'

웃음을 짓고 있는 다카하라를 보면서 더 이상 할 말이 없었다. 결국 조안은 자신도 모르게 놈을 따라 고개를 끄덕였다.

'그래, 가자. 여기는 우리가 있을 곳이 아니야.'

조안은 고도를 올리고 비행기의 속도를 조금 더 높였다. 그러자마자 다카하라도 속도를 높여 따라왔다.

하지만 바로 그때였다. 왼쪽에 또 다른 비행기가 나타났다. 얼른 돌아보니 이토 준야였다. 그는 바짝 다가와서, 조금 전 조안이 다카하라에게 했던 것처럼 뒤로 돌아가라는 신호를 보냈다. 하지만 조안은 그가 알아볼 수 있도록 분명하게 고개를 가로저었다. 그러자 이토 준야는 반복해서 신호를 보냈다. 하지만 조안은 대꾸하지 않았다. 그냥 앞만 보고 나아갔다.

그런데 잠시 후, 이토 준야의 비행기가 시야에서 사라졌다. 두리번거려 보니, 이토 준야의 비행기는 위쪽으로 솟아올라 약간 뒤쪽으로 물러나 있었다. 그의 위치로 보아, 공격하기에 가장 좋은 타점(사격에 적정한 위치)을 찾고 있는 듯했다.

아니나 다를까?

타타타탓! 타타타!

기관총 소리와 함께 비행기 옆쪽으로 흰 빗줄기가 스쳐 지나갔다. 이토 준야의 경고 사격이었다.

하지만 조안은 겁먹지 않았다. 물론 폭탄을 250킬로그램이나 싣고 있어서 전투기보다 더 빨리 달아날 수 없다는 것을 알고 있었다. 뿐만 아니라 특공을 나가는 비행기에는 기관총 탄알이 장착되어 있지 않아서 대응 사격조차 불가능하다는 것도. 그런데도 조안은 그냥 앞으로 나아갔다.

그런데 바로 그때였다. 잠시 멈춘 듯하던 기관총 소리가 다시 연이어 들려왔다.

타타타탓! 타타타타타타!

이번엔 이쪽이 아니라 다카하라 쪽이었다. 아주 잠깐 사이, 다카하라의 비행기 왼쪽 날개에서 불꽃이 튀는가 싶더니 시커먼 연기가 피어올랐다. 비행기는 균형을 잃고 순식간에 곤두박질치기 시작했다.

"안 돼!"

조안은 자신도 모르게 소리치며, 고도를 낮춰 다카하라의 비행기를 따랐다. 그러나 소용이 없었다. 다카하라의 비행기는 곧 오른쪽 날개에서도 연기가 일었고, 동시에 조종석 유리창에 얼굴을 기댄 다카하라의 모습이 보였다. 머리에서 피가 흐르고 있었다. 정신을 잃은 모양이었다.

"다카하라!"

조안은 소리를 질렀다. 그런데 그 소리를 듣기라도 한 걸까? 다카하라가 눈을 뜨고, 고개를 들어 이쪽을 쳐다보았다. 그리고 웃었다. 하지만 그게 마지막이었다.

다카하라의 비행기는 연이어 쏟아진 총탄에 벌집이 되었다. 그리고 더 빠르게 바다를 향해 떨어지기 시작했다. 더 이상 다카하라의 비행기를 쫓아갈 수가 없었다. 그의 모습도 더 이상 보이지 않았다.

"야아아아아!"

조안은 소리를 질렀다. 그러면서 다시 비행기를 급상승시켰다. 그리고 어느 정도 높이 올라간 다음 수평을 유지했다.

다카하라의 방금 전 모습이 머릿속에서 지워지지 않았다. 조안은 그런 다카하라에게 말했다.

"고마워. 마지막으로 조선말을 들을 수 있게 해 줘서. 우린 다시 만날 수……."

미처 말을 마치기도 전에 이토 준야의 비행기가 다시 왼쪽 옆에 나타났다. 이토 준야는 아까처럼 돌아가라고 손짓을 했다. 표정이 몹시 굳어 있는 게 보였다.

'마지막 경고야!'

이토 준야가 그런 말을 하고 있는 것처럼 보였다. 물론 조안은 그가 자신에게 충분히 기회를 주고 있다는 것을 알고 있었다. 하지만 조안은 고개를 저었다. 그리고 앞을 똑바로 쳐다보았다. 파란 하늘, 그보다 더 파란 바다.

그러자마자 조금 전 바다를 향해 처박히던 다카하라의 비행기가 떠올랐다. 갑자기 숨이 막혔다. 자신이 아무것도 할 수 없다는 사실이 절망스러웠다.

조안은 그 하늘에, 그리고 바다를 향해 말했다.

"누나, 미안해. 돌아간다고 약속했는데…… 아버지에게도 미안하다고 전해 줘. 엄마에게는 내가 가서 말할게."

그런 다음, 조안은 조종간을 꽉 잡고 조금 더 날았다. 그리고 이토 준야가 가르쳐 준 비행술을 기억해 냈다.

조안은 어금니를 물었다. 동시에 조금 더 앞쪽으로 달아나는 듯 속도를 냈다. 그러자 기다렸다는 듯 이토 준야가 바싹 쫓아왔다. 그 바람에 두 비행기 사이의 거리도 조금 더 가까워졌다. 조안은 때를 놓치지 않았다. 한 번 더 앞으로 내빼는 척했고, 바투 따라온 이토 준야의 비행기를 확인했다. 동시에 조안은 있는 힘껏 조종간을 왼쪽으로 꺾었다.

그러자 비행기가 윙 소리를 내며 급격하게 회전했다. 이토 준야가 급히 피했으나, 조안은 놓치지 않았다. 조안은, 이번에는 왼쪽 날개를 아래로 내려 비행기를 옆으로 세웠다. 그러자마자 속도와 바람을 함께 받은 비행기가 이토 준야의 비행기로 바싹 쏠렸고, 곧이어 몸체가 이토 준야의 비행기의 한쪽 날개를 때렸다. 그러는 바람에 이토 준야의 비행기가 기우뚱했다. 조안은 이때다 싶어 그쪽으로 더 방향을 틀었다. 결국 조안의 왼쪽 날개가 이토 준야의 앞쪽 프로펠러 안으로 빨려 들어갔다.

파파팍, 쿵!

둔탁한 소리와 함께 이토 준야의 프로펠러가 부서졌고 비행기는 휘청거렸다. 조안은 한 번 더 이토 준야의 비행기를 들이받았다. 곧바로 이토 준야의 비행기가 저만치 튕겨져 나갔다. 동시에 조안의 비행기도 수평을 잃고 크게 흔들렸고, 곧바로 아래쪽으로 떨어지기 시작했다. 조안은 반사적으로 조종간을 당겨 위로 오르려 했지만 허사였다. 그 무엇을 만져도 비행기는 마음먹은 대로 움직여 주지 않았다.

"안 돼! 제발!"

조안은 자신도 모르게 소리쳤다. 그러면서 조종석의 모든 기기를 때리고 누르고 당기고 걷어찼다.

얼마나 그렇게 발버둥을 쳤을까?

어느 순간, 바다를 향해 곤두박질치던 비행기가 떨어지기를 멈추고 잠시 동안 수평을 유지했다. 그런 뒤에야 돌아보니, 왼쪽 날개가 삼분의 일쯤 잘려 나간 모습이 보였다. 그리고 그 너머로 이토 준야의 비행기가 눈에 들어왔다.

이토 준야의 비행기는 회전을 하면서 바다를 향해 수직으로 떨어져 내리고 있었다. 그의 비행기에서 아까보다 더욱 검은 연기가 피어오르고 있었다. 하지만 그것도 잠깐이었다. 그의 비행기는 곧 바다에 빠졌고, 다카하라의 비행기가 그랬던 것처럼 흰 물결과 함께 바닷속으로 사라져 갔다.

'이토 소대장님, 어디서든 다시는 만나지 말아요!'

조안은 속으로 말했다. 그리고 조종간을 움직여 부서진 날개쪽을 약간 아래쪽으로 기울였다. 그래야만 수평을 유지할 수 있었다. 이토 준야가 가르쳐 준 편익비행(片翼飛行, 한쪽 날개만으로 비행하는 법)이었다. 그런 채로 조안은 한동안 바다 위를 날았다.

그때, 조안은 보았다. 파랗고 파랗기만 한 바다 저 앞으로 은빛 물비늘이 끊임없이 햇살을 따라 반짝이는 모습을. 얼핏 보면, 물속의 거대한 물고기가 아주 느린 속도로 움직이고 있는 듯했다. 그 물고기를 발아래 두고, 따라 날았다.

오래전부터의 꿈이었다. 바다 같은 하늘을, 하늘 같은 바다 위를 날고 싶었다.

너는 자랑스러운 아라와시…….

어디선가 목소리가 들렸다. 어머니의, 또는 누나의 목소리일지도 몰랐다. 그래서 반겨 맞았다.

'그래요, 나는…….'

그러나 조안이 뭐라 말하기도 전에 어디선가 날아온 수많은 불꽃이 조안을 향해 쏟아졌다. 몇 개의 불꽃은 저편 파란 하늘로 날아가고, 대부분의 불꽃은 조안의 비행기를 뚫었다. 얼른 고개를 돌려 보니, 몸체에 일장기가 선명한 또 다른 호위 전투기였다.

마침내 조안의 비행기는 더 이상 작동하지 않았다. 조종간도 계기판도, 아무런 움직임이 없었다. 비행기와 한 몸인 듯 조안도 어딘가는 아프고, 어딘가는 쓰라렸다.

어느새 흰색 머플러가 새빨갛게 물들어 있었다. 이상한 건, 그럼에도 졸음이 쏟아졌다. 조안은 비로소 꽉 붙들고 있던 조종간을 놓았다. 온몸이 편안해졌다. 그런 중에도 수많은 불꽃이 이쪽으로 더 많이 쏟아졌다. 시커먼 연기가 눈앞을 가렸고, 불길이 일어났다. 그 사이로 바다가 보였다. 거대한 은빛 물고기가 점점 더 가까워지고 있었다.

조안은 가만히 눈을 감았다. 그리고 나지막이, 조금 전 다 하지 못한 말을 중얼거렸다.

'……나는 조선의 소년 비행사입니다.' (끝)

작가의 말

# 1945년의 조안이,
## 2019년의 조안에게

*

1945년이 되자, 일본의 패망이 눈앞에 다가왔습니다. 일본군은 거의 모든 전선에서 연합군의 공격을 받아 후퇴를 거듭하고 있었습니다. 3월에는 도쿄가 연합군의 대공습을 받아 불에 탔고, 6월에는 오키나와가 미군에 점령당했습니다. 그 뒤로, 일본군의 패전은 거의 확실해졌습니다.

바로 그 여름의 7월 16일, 장마가 끝나고 파란 하늘이 드러났습니다. 이른 아침, 이 이야기의 주인공 조안은 특공의 임무를 띠고 오키나와로 향했습니다. 그곳에는 일본 본토로 상륙하기 위해 수백 척의 미군 함대가 대기하고 있었습니다.

그런데 하필이면 그날, 미국의 어느 한 곳에서는 최초의 원자 폭탄 실험이 성공을 거두었습니다. 그 폭탄은 그로부터 약 20일 뒤, 일본의 한 도시를 쑥대밭으로 만들었고, 다시 열흘쯤 뒤 일본은 무조건 항복을 선언했습니다. 비로소 2차 세계 대전은 막을 내렸고, 그와 함께 조선 땅은 광복을 맞이할 수 있었습니다.

만약 딱 한 달만 버틸 수 있었더라면 조안은, 어쩌면 무사히 누나의 따뜻한 품으로 돌아갈 수 있었을는지 모릅니다. 하지만 조안은 꿈도 이룰 수 없었고, 집으로 돌아가지도 못했습니다. 물론 그는 아직도 우리에게 돌아오지 않고 있습니다.

*

하늘을 날고 싶었던 한 소년의 삶을 따라가 보았습니다. 처음 그에게는 하늘을 날고 싶은 꿈밖에는 없었습니다. 무엇을 하든

열심히만 하면 꿈을 이룰 수 있을 것이라 믿었습니다. 하지만 뜻밖에도 그 앞에는 식민지 소년으로서의 한계와 전쟁이라는 두꺼운 벽이 도사리고 있었습니다.

전쟁은, 그리고 패전을 눈앞에 둔 일본은 어린 소년들마저 끊임없이 죽음을 선택하라고 강요했습니다. 이들을 '가미카제', 곧 자살특공대라 불렀습니다. 이런 악랄한 전쟁은, 역사상 그 어디에도 없었습니다. 이 같은 참혹한 강요가 비행사의 꿈을 안고 일본으로 건너갔던 수백 명의 조선인 출신 비행사 대부분을 이름 모를 바다 속으로 스러지게 했습니다. 수십 명은 조안보다 먼저, 그리고 또 수십 또는 수백 명은 조안보다 나중에 차례로 바다로 뛰어들어야 했습니다.

그런데 더욱 어처구니없었던 일은, 조선의 몇몇 어른들이 소년들에게 보여 준 행동이었습니다. 어떤 지식인은 비행기와 함께 비참하게 생을 마감한 조선의 청년을 찬양하면서 더욱 많은 조선의 소년들에게 가미카제가 되라고 부추겼습니다. 그것만이 조선의 소년들이 할 일이라면서 목청껏 외쳤습니다. 그리고 어떤 어른은 돈을 털어 그들이 탈 비행기를 사서 보내기도 했습니다. 이들은 순수한 꿈을 외면당한 소년들을 위로해 주기는커녕, 그들을 더욱 사지로 몰아넣었습니다.

그래서 조안의 이야기를 따라가다 보니, 눈물이 나기도 하고 주먹이 불끈 쥐어지기도 했습니다. 소년들을 낯선 전쟁터로 내몬 몇몇 어른들의 삶은 풍요로워졌지만, 조안의 꿈은 더 이룰 수 없는 것이 되고 말았습니다.

그런데 이런 불편한 역사는, 오늘에도 반복되고 있습니다. 또다른 '싸움'이 시작된 2019년의 여름에 우리는 그때와 흡사한 모습을 마주하고 있습니다.

*

2019년의 조안은 그 누구라도, 그리고 무엇을 꿈꾸던, 그것은 온전히 자신의 것이어야 합니다. 또한 그 꿈을 이루어 낼 수 있도록 응원받아야 합니다. 그 찬란한 미래는 결코 '기억상실증'에 걸린 어른들에게 휘둘려서는 안 됩니다.

　1945년의 조안이, 2019년의 조안에게 말합니다.

　'나를 기억하고 가슴에 새겨서, 더 앞으로 나아가세요! 당신의
꿈을 응원합니다!'라고.

　이즈음, 우리 앞에 다가와 준 1945년의 조안에게 고맙다는 말
을 전합니다.


한정영

오늘의
청소년
문학
└─ 25

## 나는 조선의 소년 비행사입니다

초판 1쇄 인쇄 2019년 9월 16일
초판 5쇄 발행 2023년 8월 21일

지은이 한정영

펴낸이 김한청
기획편집 원경은 차언조 양희우 유자영 김병수
마케팅 현승원
디자인 이성아 박다애
운영 최원준 설채린

펴낸곳 도서출판 다른
출판등록 2004년 9월 2일 제2013-000194호
주소 서울시 마포구 양화로 64 서교제일빌딩 902호
전화 02-3143-6478  팩스 02-3143-6479  이메일 khc15968@hanmail.net
블로그 blog.naver.com/darun_pub  인스타그램 @darunpublishers

ISBN 979-11-5633-264-0 44810
ISBN 978-89-92711-57-9 (세트)

다른  다른 생각이
      다른 세상을 만듭니다